Dieter Pflanz

Oben im Eichenhof

- Bildungsroman aus dem modernen Erwerbsleben -

Dieter Pflanz OBEN IM EICHENHOF
Alle Rechte beim Autor
www.dieterpflanz.de

Herstellung und Verlag: Books on Demand, Norderstedt
ISBN 978-3-8334-6141-5

Als der Bus hielt, entschloß sie sich plötzlich, noch nicht nach Hause zu fahren. Sie blieb in der Menschenmenge stehen und bewegte sich wie jeden Abend auf die Wagentür zu. Kurz vor dem Trittbrett machte sie eine überraschte Kopfbewegung, als sei ihr etwas eingefallen, das sie vergessen hatte, dann drängelte sie sich hastig zwischen den wartenden Fahrgästen hindurch, ging die Straße hinunter.

Es war kurz vor Geschäftsschluß, die Straßen waren überfüllt. Die Menschen und Autos waren nahe und doch weit weg, alles schien gläsern, als sehe sie durch dicke Scheiben. Auch die Stimmen, Geräusche waren gebrochen wie durch ein geschlossenes Fenster.

Sie stellte sich vor die Auslagen eines Stahlwarengeschäfts und versuchte, ihr Gesicht in der spiegelnden Schaufensterscheibe zu betrachten. Nur undeutliche Umrisse. Sie sah auf ihre rechte Hand hinunter, die sie dicht vor den Körper hielt, als müsse sie sie vor Menschen verbergen. Ist dies alles wirklich? dachte sie.

Sie streckte nacheinander die Finger aus wie ein Kind, das gerade gelernt hat, bis fünf zu zählen. Die sich bewegenden Finger erschienen ihr wie die Glieder einer Marionette. Ist dies wirklich? dachte sie noch einmal, bin *ich* wirklich?

Sie ging hastig weiter. Unter der Arkade des Spielzeuggeschäftes blieb sie bei zwei Frauen stehen, die sich unterhielten. „Entschuldigen Sie, können Sie mir wohl sagen, wo ... wie ich zum Rathaus komme?" Das Rathaus war ihr im letzten Moment eingefallen.

„Wenn Sie die Straße hier hinuntergehen, an der Brücke rechts. Das Amt hat um diese Zeit aber schon geschlossen!"
„Ich weiß. Danke."

Am Rathaus begann die lange Brücke, die über die Weser zu einer Ortschaft führte, welche seit kurzem von Handeln eingemeindet war. Wie regelmäßig nach Feierabend hatte sich auf der Brücke eine Autoschlange gebildet, die sich nur stoßweise in den Verkehrsfluß der Hauptstraße einfädeln konnte. Als sie neben den beiden Betonbögen war, die den größten Teilabschnitt der Brücke trugen, erinnerte sie sich, einmal als Kind gesehen zu haben, daß ein Junge hoch oben über die Bögen gelaufen war. Und sie erinnerte sich an ihr Gefühl damals: wie heftig ihr Verlangen gewesen war, ein Junge zu sein, um auch einmal so etwas Waghalsiges unternehmen zu können. Nun war sie über den Uferwiesen. Angeschwemmter Kiesschotter, auf dem eine dünne Grasdecke wuchs. Das Gras hatte schon seine frische Frühlingsfarbe. Hundert Meter oberhalb lag der kleine Hafen, wo riesige afrikanische Baumstämme für die Möbelindustrie gestapelt waren. Selbst auf die große Entfernung konnte Marianne einige der in die Schnittflächen der Stämme gebrannten oder mit Kreide aufgemalten Buchstaben und Zahlen entziffern. Doch sie gaben keinen Sinn - schienen ein Code zu sein, noch dazu aus einer völlig fremden, tropischen Welt.

Sie lehnte sich an das eiserne Brückengeländer. Senkrecht unter ihr war ein unbewachsener Flecken groben Gerölls. Mal schien sich dieser Flecken wie eine Insel aus dem Grün zu erheben, dann wieder wirkte er wie ein Loch, das in die Erde hinabführte. Und auf einmal hatte Marianne das Gefühl, springen zu müssen.

Sie klammerte sich an das Gitter, schloß für einen Moment die Augen. Dann ging sie hastig zur Stadt zurück. Sie schaute starr auf die Fahrbahn und versuchte, sich die Kennzeichen der Autos einzuprägen: HF-AU 81, HF-GM 372,

MI-L 64, HF-EL 232, CLZ-K 897. Sie überlegte, für welchen Landkreis CLZ stand, konnte sich aber nicht an einen Stadtnamen erinnern, in dem solche Buchstaben vorkamen. Ihre Handflächen waren naß. Verstohlen wischte sie sie am Mantel ab, schaute in die vorbeikommenden Gesichter, ob sie beobachtet wurde. Die Gesichter sahen durch sie hindurch, wie auf ein fernes Ziel gerichtet.

Marianne ging den Winterberg hinauf. Erst oberhalb des Friedhofs, als die letzten Häuser der Stadt hinter ihr lagen, ging sie langsamer. Der Weg war aufgeweicht, in den Fahrrinnen standen lehmige Pfützen, die einzelnen Büsche und Bäume waren noch kahl, nur die großen Knospen zeigten an, daß bald Frühling sein würde. Schräg von rechts wehte ein scharfer kalter Wind, Marianne hielt mit der freien Hand den Mantelkragen zu. Sie fürchtete, sich zu erkälten, sie war naßgeschwitzt.

An der Bank auf dem höchsten Punkt des Feldrückens blieb sie stehen, stellte die Tasche ab, lehnte sich mit dem Oberschenkel gegen die Lehne und schaute zurück. Unter ihr im Tal lagen die Häuser der Stadt, dahinter die Hügel zu beiden Seiten der Weser, ganz zurück das Wiehengebirge mit der *Porta*. Das Wiehengebirge versperrte den Blick auf die Tiefebene. Es dämmerte, das indirekte Licht ließ die Farben der Landschaft kaum noch erkennen.

Der Weg führte nun leicht bergab. Marianne drehte einigemal mit geschlossenen Augen langsam den Kopf, um auf beiden Gesichtshälften den scharfen Wind zu spüren. Für einen Moment kam sie sich vor wie ein Vogel, der gegen den Wind schwer ankämpfend zu weit entfernten Hügeln flog. Sie breitete die Arme aus, hob sie - ließ sie sofort wieder lächelnd sinken. Hinter ihr kam niemand, sie vergewisserte sich: nein, sie war allein inmitten der Felder. Erst als sie das Haus sah, das etwas zurück von der Landstraße hinter einer Hecke und kahlen Obstbäumen stand, überfiel sie wieder die Niedergeschlagenheit. Sie hatte keine Lust hineinzugehen und betrat es doch. Ihre Mutter saß vorm Fernseher. Marianne hängte leise die Sachen an die Garderobe, schlich sich in die Küche, um alleine zu Abend zu essen. Der überlaut eingestellte Fernsehapparat war bis hierher zu verstehen, die Mutter schien sich einen Wildwestfilm anzusehen. Marianne hörte deutlich Schüsse, Pferdegetrappel. Sie stellte das kleine Transistorradio an, um das Fernsehgerät nicht hören zu müssen, goß Tee auf. Gerade hatte sie sich an den Tisch gesetzt, da kam die Mutter in die Küche. „Warum sagst du nicht guten Tag, wenn du nach Hause kommst?"

„Ich wollte dich beim Fernsehen nicht stören."

„Wo warst du überhaupt so lange? Ich habe mir schon Sorgen gemacht."

„Sorgen ... was soll das?"

„Es kann ja schließlich was passieren! Jedes Jahr werden in Deutschland über hunderttausend Frauen vergewaltigt, habe ich gestern noch gelesen."

„Wohl im GRÜNEN BLATT oder wie das Ding heißt."

„Ja, im GRÜNEN BLATT", sagte die Mutter heftig.

„Du brauchst keine Angst zu haben: vor mir laufen alle Männer davon. Und wenn du es genau wissen willst - ich habe noch jemanden getroffen."

„Wen denn?" fragte ihre Mutter und bekam einen lüsternen Gesichtsausdruck.

Marianne konnte vor Wut nicht mehr schlucken. Um ihre Erregung nicht spürbar werden zu lassen, stieß sie bemüht mürrisch hervor: „Kennst du doch nicht. Eine frühere Klassenkameradin."

„Wie heißt sie denn?"

„Christel, Christel Blomeier. Sie mußte in die Valdorfer Straße, in eine Querstraße, und ich habe sie bis dorthin begleitet. Bin dann zu Fuß über die Felder gekommen."

„Wohnt die ... die Christel denn in der Valdorfer Straß e ? "

„Wird sie wohl", sagte Marianne heftig, stand vom Tisch auf. „Auf jeden Fall mußte sie in diese Gegend."

„Daß du immer gleich so aufgebracht bist - ."

„Bin ich gar nicht."

„Doch. Dir zittern sogar die Hände!"

„Ach, laß mich in Ruhe."

„Ärger gehabt?"

„Nein. Ist Inge da?"

Oben.

Und Gustav?

Wisse sie nicht, wahrscheinlich wieder draußen bei den Kaninchen. Marianne nahm einen Apfel aus der Obstschale und ging auf den Hof. Die kühle Luft tat gut. Sie atmete tief aus, sah sich um. Die Ecke, in der der kleine Schuppen mit den Kaninchenställen stand, war dunkel, es war auch nichts zu hören. „Gustav?" fragte sie leise. Keine Antwort.

Plötzlich sah sie aus der Schwärze des Schuppens einen Punkt aufglühen, langsam wieder verlöschen. Gustav saß unter dem Dach, in einer Ecke neben den Ställen, und rauchte eine Zigarette. „Ach, hier bist du", sagte Marianne.

„J a."

„Meditierst du?" Gustav murmelte etwas Unverständliches. „Stör ich?"

„Nei-nein - ."

„Du mußt es mir sagen." Sie klopfte mit den Fingerspitzen leicht an das Drahtgitter eines Stalles, im Stroh raschelte es, doch die Tiere waren in der Dunkelheit nicht mehr zu erkennen. „Geht's deinen Kaninchen gut?"

„Ja."

Marianne wußte nicht, was sie sagen sollte. Dann fiel ihr das Auto mit dem unbekannten Kennzeichen auf der Brücke ein. „Weißt du zufällig, für was die Kennummer CLZ steht? Ich habe heute so ein Auto gesehen, weiß aber nicht, woher es kommen könnte."

„A-a-aus Cl-Clausthal-Zellerfeld-feld. Im Harz." Um nicht stottern zu müssen, stieß Gustav Harz so heftig hervor, daß es wütend klang. „Postleitzahl, glau-glau-glaube ich, 38679. Nein, 38678!" Ihr Schwager war Bahnpostbeamter. „Du ... der Fr-Fr-Fr-Fritze - !" Er begann so zu stottern, daß Marianne eine Weile brauchte, bis sie verstand. Fritze war Gustavs Lieblingstier, ein sehr großer, tiefschwarzer Hase, und er sollte zu Sonntag geschlachtet werden.

„Wer hat das verlangt?"

„Die-die Al-te. Nur um mi-mi-mich zu ärgern!"

„Es ist meine Mutter ... sprich bitte nicht so von ihr. Und außerdem ist das bestimmt ein Mißverständnis, sie hat sich nicht überlegt, daß du so an Fritze hängst."

„Doch. Nur um mi-mich zu ärgern!"

„Warum sollte Mutter dich verletzen wollen. So etwas tut kein Mensch. Red keinen Stuß!" Sie tat ärgerlich, überlegte, ob Gustav richtig vermutete. „Und außerdem sind es deine Kaninchen, sie gehören ganz allein dir. Du brauchst keins zu schlachten, wenn du nicht willst, du mußt nur nein sagen."

„Da-dann gibt es wie-wieder Streit. Ta-ta-tagelang Streit."

„Nur um Streit zu vermeiden, willst du Fritze abstechen -? Du sagst nein, und damit hat sich's. Soll sie doch sehen, woher sie ihren Sonntagsbraten kriegt."

„Soll ich Fritze verstecken?" fragte Gustav.

Mariannes Hände verkrampften sich zu Fäusten, erregt erwiderte sie: „Nein, verdammtnochmal, nein. Du sollst ihn lassen, wo er ist. Du hast dich dagegen entschieden und damit basta. - Du bist ein Mann, laß dir nicht alles gefallen, schlag mal auf den Tisch. Und wenn das nicht hilft, nimm meinetwegen die Axt, schlag die ganze Bude zusammen.

Oder nimm deine Sachen und geh. Du bist doch ein Mann, du bist frei. Du kannst gehen, wohin du willst. Wenn Inge nicht mit will, dann soll sie hier bleiben." Marianne stand vorgebeugt mit gesenktem Gesicht, atmete zitternd wie nach Weinen. „Mein Gott - ", murmelte sie.

Aus der Ecke, wo Gustav saß, kam kein Laut. Einen Augenblick hatte Marianne den Verdacht, er habe sich davongeschlichen, doch er konnte aus dem Schuppen nicht unbemerkt hinaus, sie versperrte den Weg. Und wieder ruhig sagte sie: „Entschuldige ... doch du solltest dir wirklich nicht alles gefallen lassen. - Hast du mal eine Zigarette?"

Gustav gab so überhastet Zigarette und Feuer, daß es fast komisch wirkte. Im Schein des Feuerzeugs sah Marianne Gustavs große Männerhand. Sie sah auf die Hand, bis die Flamme gelöscht wurde, streckte ihre Hand in der Dunkelheit aus und berührte Gustav am Jackenärmel, umfaßte seinen Unterarm. „Du ... ich mag dich!" Schnell drehte sie sich um, ging zurück zum Haus. Sie spürte, wie sie rot geworden war, verzögerte ihren Gang und betrat erst das Haus, als sie sicher war, daß ihre Gesichtsfarbe wieder normales Aussehen hatte.

Marianne saß auf dem Fußboden ihres Zimmers, hatte die Stirn auf die Knie gelegt und streichelte die Innenseiten ihrer Schenkel. Seltsam, sie hatte zu einem Menschen gesagt *ich mag dich*. Wohl zum erstenmal in ihrem Leben so direkt ... seltsam - . Hatte Gustav recht mit der Vermutung? Sie hörte das herausgestoßene Lachen ihrer Mutter, wie sie sagte: dieser Trottel, mit seinen verdammten Kaninchen. Zuzutrauen wäre es ihr.

Sie schlug mit der Stirn auf die Knie, immer wieder, immer heftiger. Sie erhob sich schnell, riß die mittlere Kommodenschublade auf. Wie erwartet: das Fach war aufgeräumt, die Wäsche pedantisch gestapelt. Marianne erinnerte sich genau, daß sie am Morgen sehr eilig gewesen war und die Schublade durchwühlt, bis sie angenehm zu tragendes Unterzeug gefunden hatte. Und der Beutel für die schmutzige Wäsche an der Schrankseite war auch leer. Hab ich dir nicht schon hundertmal gesagt, du sollst meine Sachen in Ruhe lassen! Mein Zimmer geht dich nichts an. Ich will nicht, daß du an meinen Sachen rumfummelst! Marianne durchquerte den Raum, um ihre Wut ins Treppenhaus hinunterzuschreien. Sie drückte die Klinke energisch hinunter, lehnte sich dann mit der Schulter an die Tür.

Schon hundertmal habe ich dir das gesagt ... an meinen Sachen hast du nichts verloren, ich verstecke keine Liebesbriefe zwischen der Wäsche. Oder willst du kontrollieren, ob ich auch meine Tage regelmäßig kriege? Ich kriege sie, ich kriege sie.

Die Mutter kam nach oben. Es kostete sie immer große Anstrengung, ihre über zweihundert Pfund die Treppe hinaufzuschaffen, Marianne hörte das Schnaufen und Keuchen durch die Tür. Sie ließ die Klinke vorsichtig nach oben gleiten, drehte den Schlüssel um, dann huschte sie auf Zehenspitzen zum Fenster.

Ihre Mutter war jetzt an der Tür. „Schlaf gut, Kind!" sagte sie mit hoch verstellter Stimme, fast singend. Der Satz hatte in ihrem Mund unglaublich Optimistisches.

Marianne faßte sich auf den Magen. „Du auch, Mama", erwiderte sie freundlich.

.   .

.

Morgens nahm der Hausmeister der Bildungsakademie Marianne im Wagen mit zur Arbeit, sie mußte den Weg nur ein Stück hinuntergehen bis zur großen Landstraße. An der kleinen Brücke über der Linnenbeke stieg sie zu ihm ins Auto.

Marianne hatte im ersten Stock des großen Fachwerkhauses ihren Arbeitsplatz, wo auch der Chef sein Büro hatte. Die anderen Büroräume der außerschulischen Bildungseinrichtung lagen im Neubautrakt fast hundert Meter entfernt, durch die riesige Diele des alten Bauernhauses, dann über einen langen Glasgang. Neben dem Schlafraumbau in moderner Betonbauweise gehörte noch ein weiteres Bauernhaus - das Werkhaus - zum *Eichenhof*. Die alten Fachwerkgebäude stammten aus Orten zwanzig, dreißig Kilometer entfernt, sie waren Mitte der Dreißiger Jahre bei der Erweiterung eines Truppenübungsplatzes abgerissen und auf dem Burgberg oberhalb der Weser originalgetreu wieder aufgebaut worden. Bis 1945 hatten sie als Ausbildungsstätte für die Hitler-Jugend gedient, die modernen Gebäude waren erst später, lange nach Kriegsschluß hinzugekommen.

Marianne hatte gerade den Mantel aufgehängt, da klingelte das Telefon, am Apparat war Frau Baumann von der Telefonzentrale: Sie solle den Chef anrufen - sofort! Er habe bereits dringend nach ihr verlangt.

„Bin ich denn zu spät?" fragte Marianne. „Auf meiner Uhr ist es erst fünf vor halb."

„Ich hab die gleiche Zeit."

„Was will er denn? Wir fangen doch erst um halb acht an zu arbeiten."

„Das hat er nicht gesagt. Ich sollte Ihnen nur bescheid geben."

Marianne war wütend und nahm sich vor, erst nach halb acht ihren Chef zu Hause anzurufen. Doch zwei Minuten vor nahm sie wieder den Hörer ab, wählte durch zu ihm Privat.

„Was wir brauchen, ist - ", das Diktiergerät schaltete hart aus. „Ja?"

„Hüser ... Morgen, Herr Seele. Ich sollte Sie anrufen?"

„Ach, Kind - sind Sie schon da?"

„J a ."

„Was wollte ich denn noch? Ja ... ich weiß es nicht mehr, habe mal wieder die ganze Nacht diktiert."

„Konnten Sie nicht schlafen?" sagte Marianne.

„Um halb vier bin ich wach geworden ... und dann ging's nicht mehr, ging einfach nicht mehr. Haben Sie keine Last mit, nicht?"

„Nein."

„Man müßte noch mal zwanzig sein."

„Vierundzwanzig, Herr Seele."

„Auch noch kein Alter. Mein Gott, als ich vierundzwanzig war ... wenn mir da jemand etwas von Schlaflosigkeit erzählt hätte, ich hätte ihn für verrückt gehalten. Ja - . Ach so: das Band muß abgeschrieben werden! Der letzte Brief ist der eiligste, dann der Reihe nach. Feldwisch soll das Band holen kommen! Lassen Sie: den Feldwisch ruf ich selbst an."

Marianne ging daran, die Briefdurchschläge vom Vortage abzuheften, es dauerte einige Zeit, bis Feldwisch die knarrenden Holzstiegen heraufgerannt kam. Er stieß die Tür auf, schimpfte: "Scheißspiel - in diesem verdammten Laden kommt man noch nicht einmal zum Frühstücken."

„Morgen erst mal."

„Morgenmorgen. Kerl nä ... nicht einmal gewaschen habe ich mich!"

„Sie sind ja auch hier, um soziale Aufgaben für die Gemeinschaft zu leisten", sagte Marianne sarkastisch. Feldwisch war Wehrdienstverweigerer, mußte im Eichenhof den Ersatzdienst ableisten.

„Warum bin ich Idiot bloß nicht nach Bethel gegangen -? Da sind die Leute nicht so irre, was die hier alle brauchen, sind Psychopharmaka", schimpfte Feldwisch. „Jeden Tag ein Liter Valium der Küche ins Essen gekippt, und man könnte wenigstens in Ruhe frühstücken."

Marianne begann, das Band abzuschreiben. Zuerst hörte sie - wie jeden Morgen - konzentriert auf die Worte aus dem

Kopfhörer, nach einiger Zeit jedoch schien dann ihr Tun nicht mehr bewußt gesteuert zu werden. Sie bediente mit dem Fuß das Diktiergerät, hörte einen Satz, einen Teil davon, schrieb ihn in sehr großer Geschwindigkeit mit der elektrischen Schreibmaschine nieder. Sie mußte nicht mehr überlegen, wie die einzelnen Wörter geschrieben wurden - das kam nur noch selten bei schwierigen Fremdwörtern vor -, sie hörte Laute und setzte sie sofort in grammatikalisch richtige Schriftsprache um. Häufig meinte sie, etwas in ihr setze sie um, das Gehirn sei daran gar nicht mehr beteiligt. Manchmal ertappte sie sich dabei, während sie schrieb an etwas anderes zu denken. Kurz vor neun rief wieder Seele an. „Haben Sie den Krämer gesehen?" Krämer war der Dozent für Psychosoziale Erziehung.

Sie verneinte. Der komme normalerweise erst um neun.

„Legen Sie ihm einen Zettel auf den Schreibtisch. Er soll mich sofort anrufen!"

Marianne schrieb den Zettel - *sofort* unterstrichen -, ging nach unten. Krämers Büro war abgeschlossen. Sie legte den Zettel in sein Postfach im Flur und ging dann zu ihren Kolleginnen in die unteren Büros, in einigen Minuten begann die Kaffeepause.

Sie bemerkte, wie das Gespräch sofort verstummte, als sie eintrat, erst nach einer zögernden Pause kam es langsam wieder in Gang. Im Anfang hatte es ihr weh getan, im Eichenhof eine Art Außenseiterposition zu haben, doch inzwischen hatte sie sich damit abgefunden. Sie war die persönliche Sekretärin des Chefs, sie saß im *Oberhaus* ... und alles, was von dort kam, wurde erst einmal mit Mißtrauen betrachtet. Der Kaffee wurde in dem kleinen Personalraum getrunken. Meistens kamen ein halbes Dutzend Leute zusammen, diesmal war von den Dozenten nur der für Politische Bildung anwesend - der Dr. Tender. Für Marianne war die Kaffeepause die erste Mahlzeit am Tage, da sie früh vor der

15

Arbeit noch nichts essen konnte. Sie aß morgens nur einen Apfel, brachte sich zum Kaffee Brote mit.

Nach einigen Minuten kam Krämer in den Personalraum gestürzt, in der Hand hielt er die Post, obenauf Mariannes Zettel. „Ich habe Sie schon überall gesucht ... was will denn der Alte von mir?"

„Weiß ich nicht. Er hat versucht, Sie telefonisch zu erreichen - und Sie waren nicht da."

„War er sauer?"

„Das kann man durchs Telefon schlecht feststellen, glaube ich aber nicht."

„Wie klang denn seine Stimme?"

„Normal, möchte ich sagen."

Krämer wendete sich an Dr. Tender, ob der vielleicht in Erfahrung gebracht hatte, um was es sich bei dem Anruf handele. Doch der wußte auch nichts.

„Hat Günther etwas gesagt?" Günther Karas war der Dozent für Medienpädagogik.

„Kann mich nicht erinnern", erwiderte Tender. Krämer ging so hastig, wie er gekommen war, aus dem Raum, um vor dem Telefonat noch Karas zu befragen.

„Mein Gott, stellt der sich an -", konnte Marianne sich nicht verkneifen zu sagen. „Soll er doch anrufen ... dann weiß er, was der Alte will."

„Vielleicht hat er allen Grund dazu, so vorsichtig zu verfahren!" kam es ziemlich spitz von Dr. Tender zurück.

„Kann ich mir nicht vorstellen. Soweit ich das heraushöre, schätzt Seele den Krämer sehr."

„Das ist es ja gerade!: einmal schätzt er die Leute, einmal nicht. Man weiß nie, wie man dran ist. Er ist völlig unberechenbar, er kann einen mitten in einem friedlichen Gespräch plötzlich ohne mimische Voranmeldung aus dem Stand anspringen. Wir Dozenten verstehen uns als Team, und er kommt immer daher und knöpft sich die Leute einzeln vor, um so die Beschlüsse des Teams aufzubrechen. Er spielt einen gegen den anderen aus ... divide et impera!"

„Und was heißt das auf Deutsch?" fragte Fräulein Allert freundlich.

Teile und herrsche! Sei schon die Devise des alten Roms gewesen.

Dann sollten sie sich nicht gegeneinander ausspielen lassen - , meinte Marianne. Diese Entscheidung liege doch beim Team.

„Schöne Sprüche", erregte sich Tender, „man ist ihm alleine ziemlich ausgeliefert. Der Mann ist ein Satan!"

„Um Gotteswillen", lachte Marianne, auch die anderen lachten.

Tenders Gesicht verzerrte sich, er holte tief Luft, um zu einer vernichtenden Replik auszuholen. „Heute morgen habe ich einige Briefe geschrieben", kam ihm Marianne schnell dazwischen, „und in jedem dieser Briefe standen mindestens ein halbes Dutzend mal die Worte *emanzipatorische Erziehung*. Das scheint ein Schlüsselbegriff dieses Hauses zu sein. Vielleicht verstehe ich ihn nicht richtig ... doch meines Erachtens solltet ihr zuerst einmal bei euch mit der emanzipatorischen Erziehung anfangen - . Lernt mal *nein* zu sagen, gegen den Chef und gegen andere. Das wäre der erste Anfang."

„Nein!: *ja* zu sagen! Der Begriff *emanzipatorische Erziehung* ist zu umfassend, als daß er sich auf das simple Wörtchen nein zurückführen ließe."

Tender hatte so schnell geantwortet, daß er über ihr Gesagtes gar nicht nachgedacht haben konnte. Es war ein Abwehrreflex mit Worten, wie sie ihn schon oft bei Akademikern und gerade bei Dr. Tender festgestellt hatte. Marianne spürte, wie sie wütend und ganz ruhig wurde - hinterher erschien es ihr oft, als ob sie nur in solchen Erregungszuständen ganz wach werde und mit einer Klarheit denken

17

konnte, die ihr sonst unmöglich war. „Ja ist genauso simpel wie nein", erwiderte sie ruhig. „Beide können am Ausgangspunkt stehen - welches Wort von beiden, das kommt auf den einzelnen Menschen an. Auf seine persönliche Biografie. Wenn jemand immer ja gesagt hat, muß er lernen, nein zu sagen, und umgekehrt. Keiner von uns ist jedoch so einheitlich, daß er stets nur ja oder nur nein gesagt hätte: allein einzelne Verhaltensweisen in uns verlangen eine Umkehr. Ihr im Team habt meistens ja gesagt, auch wenn ihr es nicht wolltet ... ihr müßt also als erstes lernen, nein zu sagen."

„Das sagte ich doch, daß man ja *oder* nein an den Anfang der emanzipatorischen Erziehung setzen kann. Nein allein geht nicht."

Scheiße, dachte Marianne.

„Sie sehen einiges richtig", fuhr Dr. Tender jovial fort, „was hier im Haus gespielt wird, haben Sie aber anscheinend noch nicht durchschaut. Emanzipation ist schön und gut, doch sie verlangt Rationalität - und Seele unterläuft sie mit seinem völlig irrationalen Verhalten. Er ist der irrationalste..." Die anderen Damen standen auf, gingen hinaus. Tender sah ihnen einen Moment irritiert nach, klopfte sich nervös mit den drei mittleren Fingern der einen Hand an die Stirn. „Was wollte ich noch ... ach, ja: ist der irrationalste Mensch, der mir je begegnet ist! Er spielt auf den bedingten Reflexen anderer Leute wie auf einem Klavier. - Daß er dem Krämer einen Zettel hat hinlegen lassen, war nicht Zufall ... das gehört zu seiner Technik des Herrschens. Das Telefon ist ein mündliches Medium, und wenn es durch schriftliche Mitteilungen unterbrochen wird, dann löst das im Empfänger ein Warnsignal aus, das wieder alte Kinderängste emporsteigen läßt! *Er, der Vater, sie, die Mutter,* spricht nicht mehr mit mir ... sie ist böse mit mir ... ich muß das erste Wort sagen, damit sie mir wieder gut wird!"

Marianne hatte nicht mehr richtig zugehört. Seitdem sie mit Tender allein im Raum war, hatte sie angefangen, sein Gesicht zu betrachten: die Augen, die Haare, den Mund, das Spiel seiner Hände beim Sprechen. Plötzlich fühlte sie Unruhe, versuchte, sich durch Konzentration auf das Gesagte abzulenken.

Das letzte habe sie nicht ganz verstanden, sagte sie mit entschuldigendem Lächeln, und Tender wiederholte ausführlich, was er gemeint hatte. „Glauben Sie denn, daß Seele das bewußt macht - ? Daß er die Wirkung seines Tuns *bewußt* kalkuliert - ?" fragte sie.

„Nein ... ich sagte schon, daß er ein völlig irrationaler Mensch ist. Irgendwann hat er nur mal gelernt, daß man durch solches Vorgehen andere beherrschen kann: er hat es nicht durch rationales Bewußtmachen gelernt, sondern durch Erfahrung. - Oder wie er in einen Raum hineinkommt, in dem schon andere sitzen - . Er kommt immer als einer der letzten, und wenn er die Tür öffnet, macht er das nicht leise: er schlägt von außen auf die Klinke, so daß alle im Raum Anwesenden durch das plötzliche scharfe Geräusch erschrecken. Allein durch die äußere Art seines Eintretens löst er für einen Moment Angst aus! Oder nehmen Sie ... nehmen Sie die Art, wie er Leute kennenlernt."

Tender hatte schöne Lippen. Jetzt befeuchtete er sie mit der Zungenspitze, hatte sich wie ein Junge in Eifer geredet.

„Er hat eine fast geniale Art, das Vertrauen von Leuten bereits beim ersten Zusammensein zu gewinnen. Und er findet schon in den ersten Stunden ihre schwachen Stellen heraus, an denen er sie später fassen kann! Das ist einfach phantastisch, er macht das wie ... passen Sie mal auf, ich habe da ein Beispiel, damit Sie es genau verstehen - . In Amerika sind die Garagen an die Häuser gebaut, haben innen einen Zugang zur Wohnung, und da die drüben von Technik fasziniert sind, haben sie sich eine elektronische Öffnungsvorrichtung für die Garagentür einbauen lassen, welche auf die spezielle Lautfrequenz des Familienautos reagiert. Sie hupen: die Garage öffnet sich ... sie fahren hinein, hupen wieder: das Tor schließt sich hinter ihnen. Und weil diese elektronische Vorrichtung nur auf ihre eigene Hupe reagiert, lassen die Leute alle Vorsichtsmaßnahmen außer acht, lassen die Verbindungstür zur Wohnung offen. Nun haben aber clevere Einbrecher Instrumente konstruiert, mit denen sie die gesamte Frequenzbreite aller Hupen nachahmen können. Sie spielen alles durch, bis die Garagentür sich öffnet, und gehen dann seelenruhig in die Wohnungen hinein. - Genauso macht es Seele! Wenn er einen Menschen kennenlernt - wenn zum Beispiel ein potentieller Mitarbeiter sich vorstellen kommt - , dann probiert er in den ersten Gesprächen die ganze Frequenzbreite seines möglichen Verhaltens durch. Mal ist er nett, mal leutselig, mal kurz angebunden autoritär, mal versucht er Schuldgefühle auszulösen, - bis er bei dem betreffenden Reaktionen herausfindet, die auf dessen schwache Stellen hinweisen. Er stellt keinen ein, von dem er nicht das Gefühl hat, ihn später in den Griff bekommen zu können. Keinen, sage ich Ihnen!"

Marianne sah Tender neugierig an. „Haben Sie Angst vor dem Chef?"

„Ach was", erwiderte der ärgerlich. „Ich mag nur nicht dieses Irrationale ... Menschen sollten sich bemühen, rational miteinander umzugehen. Erst dann kann unsere Gesellschaft eine wirklich menschliche Gesellschaft werden!"

„Entschuldigen Sie - : sind Sie immer rational? Das ist eine Utopie. Man kann so etwas fordern, aber kaum erreichen. Vielleicht in unserem Denken - doch in unserem Handeln gelingt es uns kaum je."

„Es sollte aber gelingen! Auch in unserem Handeln."

„Vielleicht ... bin da nicht sicher. Wenn Menschen miteinander umgehen, dann werden sie stark von Irrationalem gesteuert. Den einen mag man auf Anhieb, den anderen weniger, wir können unsere Gefühle nicht ausschalten. Müssen die schlecht sein? Vielleicht geben sie dem Ganzen erst einen Reiz. Wenn ich mich verliebe, nehmen wir an, in Sie - ." Am liebsten hätte sie sich untern Tisch verkrochen: daß ihr das rausgerutscht war! Als sie weitersprach, hatte sie das Gefühl, alle Muskeln anzuspannen, die Schultern weit nach vorn zu schieben: „Gut, ich möchte mit Ihnen schlafen - was ist daran rational? Ich meine ... ich ... was diesen meinen Wunsch bewirkt sind Gefühle, läppische Gefühle, gar nichts Rationales. Ich mag einen Menschen, ich habe plötzlich Gefühle für ihn ... gut, und ich möchte mit ihm ins Bett gehen. Das ist die natürlichste Sache der Welt, was soll denn an diesem völlig Irrationalen schlecht sein? - Jetzt muß ich aber wirklich gehen, wir sitzen hier schon vierzig Minuten."

„Moment noch ... kleinen Moment. Natürlich ist sich verlieben nicht schlimm, nur werden Sie in dem Moment sehr verwundbar, beherrschbar. Wenn ich merke, daß Sie ... sich in mich verliebt haben, bekomme ich Macht über Sie." Marianne merkte, daß auch Tender verlegen war: er hatte den Satz zu schnell und beiläufig hingesagt. „Wenn ich will, kann ich Sie beherrschen, manipulieren!"

„Aber doch nur, wenn Sie auf meine Gefühle *rational* reagieren -!" sagte Marianne lachend, stand vom Tisch auf. Tender nahm ebenfalls die Kaffeetasse, um sie in die Küche zu bringen. „Begegnen Sie meinen Gefühlen mit genauso irrationalen Gefühlen, dann gibt es keine Herrschaft ... höchstens eine love-story." Tender öffnete die Tür, sie standen dicht beieinander. Er hatte auf einmal ein sehr offenes Gesicht, an seinen Augen merkte sie, daß er nicht sie ansah, sondern nachdachte. „Das gäbe eine ganz simple Liebesgeschichte -", fuhr sie fort. „Wir würden rumknutschen, uns streicheln, Herzklopfen kriegen, wenn wir uns sähen ... alles dieses irrationale Zeugs - so lange, wie es dauerte." Sie stellten das Geschirr in der Küche neben der Spülmaschine ab. „Das letzte war wieder rational ... irrational wäre: auf ewig."

Tender lachte. „Das klingt mir alles zu glatt, irgendein Haken ist bei der Geschichte - . Muß ich noch drüber nachdenken."

Auf ihrem Weg nach oben ins Büro spürte Marianne, daß zwischen *rational* und *irrational* ein Zusammenhang war: daß beide nicht scharf getrennt, gegeneinander gesetzt werden konnten, wie es gewöhnlich geschah. Sie ahnte Zusammenhänge, konnte sie gedanklich aber nicht klar fassen. Sie versuchte, konkrete Situationen von rationalem, irrationalem Verhalten sich vorzustellen - in Bildern, Stimmen, Gesten -, doch wenn sie meinte, Beweise für ihre Vermutung führen zu können, entzog sich wieder alles dem Zugriff. Sie dachte den ganzen Tag über diese Probleme nach, von denen sie nicht einmal genau wußte, ob es wirklich Probleme waren. Da sie die wichtigsten Briefe bereits am Morgen geschrieben hatte, machte sie sich an die Schriftenablage, weil sie keine Konzentration erforderte, ihr Raum zum Nachdenken ließ. Die Ablage wäre eigentlich alle paar Tage nötig gewesen, wurde aber aus Zeitgründen meistens aufgeschoben, bis die Mappe zum Vorsortieren so dick war, daß sie kaum noch in das Fach des Schränkchens paßte.

Marianne heftete die Briefe nach dem Alphabet ab, war dabei ganz auf ihr Problem konzentriert. Manchmal meinte sie, einer fixen Idee nachzujagen, und beschloß energisch, alles Nachdenken sein zu lassen und Vernünftiges zu tun. Je öfter sie aber an die Grenzen ihrer Vorstellungskraft kam, abprallte, desto verbissener versuchte sie es von neuem. Sie war in einen seltsamen Erregungszustand geraten, der aus gegensätzlichen, sich eigentlich ausschließenden Schichten bestand: einmal eine völlige Entspannung, welche die

Bilder, Stimmen hochsteigen ließ, und darüber - oder daneben - eine extreme Anspannung, die entschied, was von dem Gedachten falsch, brauchbar, gut war. Und als drittes war da noch die Furcht - Furcht, im Denken gestört zu werden. Seele arbeitete an der Einführung der Festschrift zum fünfundzwanzigjährigen Bestehen des Eichenhofs, wollte nicht gestört werden, ließ auch selbst nichts von sich hören, - doch wenn andere anriefen, verkrampfte sich Mariannes Magen beim Läuten des Telefons. Und wenn sie unten im Haus Schritte hörte, bekam sie Herzklopfen vor Furcht, es könne jemand zu ihr ins Büro kommen. Die Furcht ließ aber nach, je länger und intensiver sie über ihr Problem nachgedacht hatte, schließlich wußte sie, daß niemand sie mehr in ihrem Denken stören konnte, und wurde sogar fähig, für die Kaffeepause in die unteren Räume zu ihren Kolleginnen zu gehen.

Kurz vor Feierabend befürchtete sie noch einmal, daß Seele sich melden, mit neuer Arbeit kommen könne. Er hatte die Angewohnheit, kurz vor Büroschluß mit - nach seinen Worten - „ganz wichtigen" Arbeiten zu kommen, und er konnte so nett, charmant um Überstunden für die Erledigung dieser Arbeiten bitten, daß man sich schäbig und kleinlich vorkam, wenn man nein sagte. Wahrscheinlich hatte er wirklich die Gabe, in anderen Schuldgefühle auszulösen - da konnte Tender recht haben. Wenige Minuten vor Feierabend steigerte sich Mariannes Furcht, von ihrem Chef noch angerufen zu werden, zur Panik. Überstunden machten ihr gewöhnlich nicht viel aus, doch an diesem Abend wollte sie an ihrem Problem weiterdenken - in ihr war freudige Erregung, wie vor einem Rendezvous. Sie ging die Räumlichkeiten durch, in denen sie telefonisch nicht erreicht werden konnte. Ihr fiel die Toilette ein, doch sich da zu verkriechen, hatte sie zuviel Stolz. Dann fiel ihr der Kellerraum ein, in dem die Abzugs- , Vervielfältigungsgeräte standen. Sie riß einen Zeitungsausschnitt vom Tisch, der abgelichtet werden sollte, rannte die Treppen hinunter. Als sie auf den letzten Stufen war, klingelte oben im Büro wirklich das Telefon, doch sie ging, ohne sich daran zu stören, weiter. Der große Rank Xerox war schon ausgeschaltet, sie mußte einige Minuten warten, bis er wieder aufgeheizt war. Sie überlegte, ob wirklich Seele am Apparat gewesen war. Dem Klingeln nach konnte er es gewesen sein - es gab Momente, in denen sie ihren Chef am Läuten des Telefons zu erkennen glaubte. Plötzlich kam sie sich wegen ihrer Angst so idiotisch vor, daß sie vor Wut das Vervielfältigungsgerät ausschaltete, ohne es benutzt zu haben, nach oben ging und Seele anrief. „Hatten Sie mich noch angerufen?" fragte sie. „Ich war gerade unten im Abzugsraum, da hörte ich es klingeln."

„Nein, Hüserin, war ich nicht. Ich bin noch immer an der Festschrift."

„Ich wollte dann jetzt gehen."

„Ja, bis morgen. Viel Spaß heute abend, gehen Sie mal tanzen!"

„Meinen Sie, ich sollte das?"

„Ja ... damit Sie mal auf andere Gedanken kommen. Sie sehen oft so ernst aus." Und schon hatte Seele aufgelegt.

Zu Hause gab Marianne vor, sich nicht wohl zu fühlen, trank nur Tee, ging dann auf ihr Zimmer. Sie nahm sich vor, Dr. Tender einen Brief zu schreiben, weil sie meinte, sich nur schriftlich exakt ausdrücken zu können. Vorher wollte sie ihre Gedanken aber ungeordnet für sich niederschreiben, wie sie es häufig tat, damit sie ihre Flüchtigkeit verloren: sicher war, daß Rationalität als Kampfmittel gegen irrationales Denken, Tun eingesetzt werden konnte - . Wenn das so war, dann konnte umgekehrt Irrationalität auch Waffe gegen Rationalität sein ... und in einem solchen Fall bekam Irrationales rationale Qualität, weil es zur Abwehr eines aggressiven Zugriffs diente.

Marianne überlegte, ob Seele wirklich so irrational war,

wie Tender, die anderen Dozenten immer behaupteten. Er hatte tatsächlich unglaubliche Fähigkeiten, andere zu überreden und - vielleicht nur kurz - zu überzeugen. Er konnte einem das Gefühl geben, zum ersten Mal im Leben wirklich verstanden worden zu sein. Sie erinnerte sich, bei ihrem Vorstellungsgespräch damals ganz persönliche Dinge erzählt zu haben, die sie vorher und nachher nie wieder jemandem mitgeteilt hatte. Das Erstaunliche war, daß er gerade diese persönlichen Dinge - von denen er nicht ohneweiteres hatte wissen können, daß sie für sie wichtig waren - über die drei Jahre behalten hatte, wie aus zufälligen Bemerkungen hervorging. Auch hatte er herausbekommen, daß sie leicht Schuldgefühle bekam - deren Mechanismus sie zwar mit der Zeit zu durchschauen gelernt hatte, deren Wirkungen sie sich in Momenten des Auftretens aber nicht entziehen konnte. Doch wenn Seele wirklich Schuldgefühle in ihr auslöste, um irgendetwas zu erreichen, dann war ein solches Vorgehen - egal ob bewußt oder unbewußt - nicht irrational, sondern rational. Die irrationale Reaktion lag bei ihr!: in ihren Schuldgefühlen.

Ähnlich war es wohl auch bei den Dozenten des Hauses. Seele löste in ihnen - irgendwie - ihre eigenen Irrationalismen aus, denen sie fassungslos, mit Angst, gegenüberstanden. Zur Abwehr dieser Angst setzten sie dann ihre ganze Rationalität ein - wahrscheinlich aber in die falsche Richtung. Anstatt daß sie sie auf sich selbst richteten, zielten sie auf Seele ...was der wieder als aggressiven Zugriff auf seine Person empfinden mußte, den er mit noch mehr oder erst jetzt irrationalem Verhalten abzuwehren versuchte - .

Rationales Denken schien ihr unentbehrlich. Mit Irrationalität konnte man keine Brücke bauen, anderes. Rationales Vorgehen verschaffte Macht über die Dinge - ob aber gleichermaßen auch über Menschen schien ihr zweifelhaft. Vielleicht war es letztlich nur die Irrationalität, die Menschen beherrschen konnte, beherrschte: einmal die, welche von einem Menschen auf andere ausging, - dann die, welche in jedem einzelnen steckte und auf ihn selbst zielte. Rationalität konnte vielleicht nur helfen, die Beherrschungen, die von der Irrationalität ausgingen, zu mindern. Sie hatte die Fähigkeit, einen Machtzugriff abzuschwächen, mußte deshalb aber noch nicht selbst Macht sein: sie war dann als Größe untrennbar abhängig von der Irrationalität - war ihr Korrektiv und losgelöst keine wirkliche Größe.

Die Dozenten des Eichenhofs fühlten sich ständig von der angeblichen Irrationalität ihres Chefs bedroht, versuchten unentwegt, mit Rationalität dagegen anzukämpfen. Doch erreichten sie nie einen Punkt, in dem das rationale Vorgehen ihnen Macht über Seele gegeben hätte - der beherrschte, wenn er wollte, weiterhin alle. Er brauchte nur etwas sogenanntes Irrationales zu tun, und schon waren alle wieder tagelang mit rationaler Abwehr beschäftigt. Es kam Marianne vor, als habe Seele ihnen eine rationale Spielwiese eingeräumt, auf der er sie beschäftigte, wenn sie ihm zu lästig wurden. Dazu hätte aber sein Verhalten bewußt kalkuliert sein müssen, und dessen war sie sich nicht sicher.

Irrationalität konnte zur Rationalität werden, Rationalität zur Irrationalität. Wenn jemand nur an die Kraft des Rationalen glaubte, dann schlug dieser Glaube um ins Irrationale. Konnte er zu einer Machtgröße werden - ? Eine andere Frage war, ob Ratio- oder Irrationalität immer *gegen* etwas gerichtet sein mußten. Im Rationalen schien ihr stets ein aggressiver Zug zu stecken: es wollte die Erde beherrschen ... den Machtzugriff von Menschen abwehren ... in einem selbst unheimlichen Kräfte zurückdrängen. Doch war Irrationalität gegen etwas gerichtet? Sie konnte zur Waffe werden, gewiß, aber hatte sie immer unbedingt etwas Aggressives - ? Eine wirkliche Macht mußte sich nicht beweisen, indem sie Siege errang, sie konnte es sich leisten zu *sein*. Vielleicht konnte Irrationalität nur sein - .

Marianne meinte, sich über die Probleme klar genug geworden zu sein, schrieb: >Lieber Herr<, und schon stockte sie. Sollte sie ihn nur mit dem Namen anreden oder auch mit seinem Doktortitel? Ein erworbener Titel gehörte zum Namen - so hatte sie es in der Sekretärinnenausbildung gelernt -, auch schien ihr, als ob der Doktor dem Tender viel gab. Er winkte zwar immer ab, wenn man ihn mit seinem Titel ansprach, doch es wirkte unecht ... das, was er war, auch vor sich selbst, war er wohl hauptsächlich durch sein mit der Promotion abgeschlossenes Studium. Ja, der Doktortitel beruhte auf eigener Leistung, gebührte ihm auch in der Anrede.

Kaum hatte Marianne die Anrede niedergeschrieben und erste Überlegungen für den folgenden Satz angestellt, da bekam sie Angst, mit ihrer Denkfähigkeit dem Doktor Tender nicht gewachsen zu sein. Hatte er nicht zum Schluß gesagt *das klingt mir alles zu glatt ... irgendein Fehler ist in der ganzen Geschichte.* Sie würde ihm ins Messer laufen, ganz nebenbei mit einigen lächelnden, ironischen Bemerkungen geschlachtet werden. Sie stellte sich eine solche Situation vor, womöglich noch im Personalraum beim Mittagessen, wenn alle dabei waren. Sie spürte, wie sie rot wurde, zu schwitzen begann. Es war unwahrscheinlich, daß ihr Denkniveau an das eines Akademikers heranreichte, sie hatte nur die Realschule besucht, war mit der Mittleren Reife abgegangen.

Sie erinnerte sich, wie es damals gewesen war ... und ihr Magen krampfte noch nach den acht Jahren vor Wut. Die Lehrer hatten sie zu überreden versucht, auf eine weiterführende Schule zu gehen und das Abitur zu machen, ihre Eltern waren dagegen gewesen. Sie hatten finanzielle Gründe vorgeschoben, doch die eigentlichen Gründe waren irrational, wie Marianne damals schon erkannt hatte. Ihr war ein Gespräch im Gedächtnis haften geblieben, das sie als Kind von zehn, elf mit ihrer Mutter gehabt und in dem diese gemeint hatte, es sei nicht gut, wenn Kinder zuviel lernten: sie sähen dann später auf ihre Eltern herab, schämten sich ihrer, wollten von ihnen nichts mehr wissen. Die Angst vor der Entfremdung des Kindes war es gewesen ... und dann heirateten Mädchen ja sowieso, brauchten keine großen Investitionen. Ihre Investition war ihr Geschlecht - .

Marianne erinnerte sich, daß sie gerne zur Schule gegangen war ... wenn sie Leute von der schrecklichen Schulzeit erzählen hörte, konnte sie deren Gefühle im Grunde nicht verstehen. Sie hatte gerne gelernt, es war ihr leicht gefallen. Es hatte keine Arbeit für sie bedeutet - die Schule hatte sogar etwas von Freiheit gehabt: die Freiheit des Wachsens, in der sie nicht mehr die Enge des Elternhauses spürte. Der Beruf war für sie die Unfreiheit geworden ... und noch heute empfand sie die Verzweiflung der ersten Tage, Wochen in ihrer Lehre. Sie hatte sich auch nach der Schulzeit bemüht, weiterzulernen - wenn es ihr jetzt auch oft schwerfiel, weil sie abends erschöpft war. Hinzu kam, daß sie spürte, wie wenig ihre Mutter es mochte, wenn sie sich mit Problemen beschäftigte, die schwer zugänglich waren. Oft wurde deren Benehmen dann unglaublich kindisch. Es kam vor, daß die Mutter sie erschreckte mit Ausrufen wie *Bö!*, wenn sie in den Artikel einer Zeitung oder in ein Buch vertieft war. Es geschah, daß Marianne, sobald die Familie schlafen gegangen war, das Dritte Fernsehprogramm einschaltete ... und daß dann ihre Mutter wieder auftauchte, Zank und Streit anfing. Für einen Außenstehenden wäre nicht deutlich gewesen, weshalb dieser Streit geschah, für Marianne war der Grund jedoch sehr deutlich: er geschah, weil sie sich keinen Krimi ansah, sondern eine Sendung, die die Mutter nicht verstand. Und dann die *Therapien* der Beschäftigung, um sie aus grübelnden Gedankengängen zu bringen: hol mal Kartoffeln aus dem Keller!, der Abwasch muß noch gemacht werden!, geh mal schnell zum Kaufmann! Schon die ganze Kindheit, Jugend über.

„Du, ich muß hier weg -", sagte sie. Dann wurde ihr bewußt, daß sie laut gesprochen hatte, und sie lächelte.

Sie kam sich vor wie ein Tier in der Falle, und sie spürte, wie der Raum der Falle immer enger wurde. Das Bedürfnis, frei atmen zu können, wurde bedrückender. Manchmal überkam sie die tierische Wut eines Gefangenen, und sie hatte das Gefühl, dann auch wie ein Tier zu schreien. Das Seltsame, fast Komische war, daß niemand verstand, warum sie schrie ... es wurde ihr immer als ungezogenes, kindisches Benehmen angerechnet, dem zur Wiedergutmachung Schuldgefühle zu folgen hatten, die durch ständig wiederholte Vorwürfe ausgelöst werden sollten. Sie hatte jedoch nicht mehr so häufig wie früher Schuldgefühle - vielleicht ein Ergebnis der Jahre im Eichenhof. Durch das Briefeschreiben, die Unterhaltungen mit den Dozenten, durch das Ablichten und Vervielfältigen von Artikeln, die sie dann in der Arbeitszeit gelesen, hatte sie einiges an Psychologie aufgeschnappt. Sie hatte nun manche Einblicke in psychische Mechanismen und schaffte es - zwar nicht immer -, die Abläufe von Reflexen zu unterbrechen. Sie konnte schon schreien. Daß niemand verstand, warum sie schrie, war nicht wichtig ... wichtig war allein, daß *sie* es verstand - . Die Familie war eine der Fallen, in der sie steckte. Sie spürte es, und doch wußte sie, daß dies das Unmöglichste war, was sie leisten konnte: sich von der Familie zu befreien. Wahrscheinlich hatte sie den Absprung verpaßt. Damals nach der Sekretärinnenschule, als sie die Angebote hatte, nach München, Hamburg, sogar in die Schweiz, hätte sie gehen müssen. Damals hatte Vater noch gelebt, jetzt war ihre Mutter allein, schon über sechzig. Eine alte, fette, trunksüchtige Frau, die andere nur als Besitz empfinden konnte ... doch es war die *Mutter* - .

Sie war von ihr eingeplant. Als Hilfe fürs Alter, damit

die letzten Jahre nicht zu trostlos wurden. Eigentlich war sie die zweite: die erste war Inge, die mit ihrem Mann im selben Haus wohnte, sie führte den Haushalt neben ihrem eigenen, putzte, wusch, wurde unablässig herumkommandiert. Sie als jüngere Tochter war mehr für die Feinheiten des Lebens: mußte es der Mutter bequem machen, sie ausführen, unterhalten, Neuigkeiten, Klatsch zutragen - . Inge war, so lange Marianne sich erinnern konnte, die Magd des Hauses gewesen. Sie war dumm. Doch seit einiger Zeit hatte Marianne den Eindruck, daß ihre Schwester sich dumm gestellt hatte, weil das ihre einzige Möglichkeit gewesen war, sich gegen den Zugriff der Mutter zu wehren. Sie machte sich geistig schwer - wie ein Kind, das abends nicht ins Bett will, sich körperlich schwer macht, alle Muskeln hängen läßt -, um die Mutter zu beschäftigen. Man mußte ihr alles zwei-, dreimal sagen, und dann machte sie es oft noch verkehrt. Sie war ja schließlich dumm. Kann man einen Menschen mehr beschäftigen, als durch Dummheit -? Nur war Inge über diese Taktik im Laufe der Jahre vielleicht wirklich dumm geworden.

Inge wehrte sich irrational gegen den Zugriff der Mutter, und dieser Weg schien Marianne für sich selbst unmöglich. War Inges Tun aber überhaupt irrational - ? Wenn man es unter dem Blickwinkel der Abwehr betrachtete, hatte es sogar sehr rationale Qualitäten, ihre Überlegungen dabei waren irrational. Oder doch rational? Dachte Inge überhaupt -? Vielleicht kam ihre Gegenwehr - die nicht die beste war, besonders für sie selbst nicht - nur aus der instinktiven Sicherheit einer lebenden Kreatur, paßten überhaupt die Stempel *rational*, *irrational* auf ein solches Verhalten? Konnte ein Tier etwas Irrationales tun? Konnten Menschen nur Rationales oder nur Irrationales tun, war der Wert ihres Verhaltens, ihres Seins allein damit zu verdeutlichen - ? Vielleicht konnte man etwas ohne Vernunft tun, das doch richtig war. Etwas jenseits von Rationalität, Irrationalität - das genau richtig war! Und anders herum: vielleicht konnte man manchmal etwas ganz Rationales tun, das aber völlig falsch war. Wer sagte einem, was falsch oder richtig war ... die Fähigkeit, rational zu denken?

Marianne war wieder ganz unsicher. Sie spürte, daß an ihren Vermutungen, ihrem tastenden Denken etwas dran war, doch sie gaben keine greifbaren Ergebnisse. Sie entschloß sich, Tender ihren Denkprozeß doch in einem Brief mitzuteilen, ohne Ergebnis, nur als Prozeß. Gewiß hatten schon andere die gleichen Probleme weit exakter durchdacht ... sie wußte nicht, wo man es nachlesen konnte, vielleicht konnte Tender es ihr sagen. Und wenn er sie wegen ihres mangelhaften Denkvermögens abschlachten wollte, sollte er es tun. Sie hatte keine Angst mehr davor, wäre dann sein Problem, nicht ihres. Bevor sie den Brief schrieb, wollte sie aber richtig zu Abend essen - sie hatte Hunger.

Nach dem Essen fühlte sie sich müde. Sie setzte sich auf den Teppich, versuchte, ihre Gedankengänge noch einmal nachzuvollziehen, um sicher zu sein, daß sich keine Fehler eingeschlichen hatten, die sie selbst beheben konnte. Doch ihr Denken zerfiel in einzelne Abschnitte, hatte keinen Zusammenhang mehr. Sie stellte sich vor, wie sie mit Dr. Tender die Probleme besprach. Sie hörte ihre Stimme, hörte seine Stimme ... Argument wurde gegen Argument gesetzt, aber irgendwie hatten die Worte keine Aussagekraft. Tender lobte sie wegen ihres logischen Denkvermögens: eine hervorragende Leistung, wo sie doch nur die Realschule besucht hatte. Sie spürte in ihrer Vorstellung, wie sie rot wurde, bemerkte dann, daß sie tatsächlich rot geworden war. „Quatsch", sagte sie, stand vom Teppich auf, um sich die Zähne zu putzen.

Der Zahnbürstenstiel ragte schräg nach unten aus dem Mund, die untere Gesichtspartie war weiß verschmiert, ihre Pupillen wirkten sehr groß. „Du tickst nicht richtig", sagte sie zu dem Spiegelbild. Da sie dabei die Bürste mit den Lippen festhielt, wurden nur dumpfe Lallaute hörbar.

Irgendwie irres Gesicht - .

Sie zog sich aus, stand vor dem großen Spiegel an der Innenseite der Kleiderschranktür. Bin ich wirklich - ? dachte sie. Sie hob den rechten Arm und wedelte mit der Hand: das Spiegelbild hob den linken Arm, wedelte mit der Hand. Sie hob das rechte Bein: das Spiegelbild hob das linke Bein. Bin ich wirklich? dachte sie noch einmal, ihre Bewegungen kamen ihr vor wie die Bewegungen einer Marionette. Eine komische Gestalt - : zu dünn, knochig, schlechte Haltung, ungleichmäßige Zähne, zu große Nase. War es vorstellbar, daß sich ein Mann darin verlieben konnte? Sie versuchte, das Spiegelbild durch die Augen eines Mannes zu sehen, preßte die Handflächen zusammen, legte die Zeigefinger auf die Unterlippe, und plötzlich spürte sie Widerwillen.

Sie ging mit gesenktem Kopf zum Bett, warf das Nachthemd auf den Boden, legte sich auf den Rücken. Das Bettlaken fühlte sich kühl auf der nackten Haut, bis die Körpertemperatur es erwärmt hatte. Sie strich sich über die Schenkel, den Bauch, ihre Hand streichelte die Brust. Tender hatte ein schönes Gesicht ... wenn er seine erstarrte, abweisende Maske fallen gelassen hatte. Ihre Hand, die die Brust streichelte, war auf einmal Tenders Hand. Eine sehr behutsame, liebe, sehr erregende. Marianne drehte den Kopf zur Seite, drückte den Handrücken fest auf ihr Gesicht: die Stirn, den Backenknochen, das Kinn. Ihre Zähne rieben sich an der Handkante, sie biß hinein.

. .
.

An diesem Morgen mußte Marianne mit dem Bus zur Arbeit fahren, da der Hausmeister, der sie sonst im Wagen mitnahm, Urlaub hatte. Der Bus hielt unten in der Stadt, zur Bildungsakademie EICHENHOF hinauf mußte sie zu Fuß gehen. Sie nahm den Weg, der in einem kleinen Tal zur Burg führte, er war steiler als die eigentliche Fahrstraße, dafür aber kürzer.

Marianne erinnerte sich, daß in diesem Tal in ihrer Kindheit Gärten und Wiesen gelegen hatten. Jetzt standen hier Einfamilienhäuser, und der früher unbefestigte Mergelweg war mit einer Teerdecke überzogen. Es hatte auch einen kleinen Bach gegeben. In der feuchten Jahreszeit war er an manchen Stellen mitten durch den Weg gelaufen, unterhalb dieser Wiese war die Quelle gewesen, doch davon war nichts mehr zu sehen. Marianne lauschte, ob unter der Straßendecke das Gluckern des Baches zu hören war ... nein, nichts. Am Burgwald blieb sie zögernd stehen. Der kürzeste Weg führte durch die Fichtenschonung den Hang hinauf, doch sie hatte heute Abneigung vor diesem Weg, weil er abgelegen, dunkel war, und entschloß sich, einen kleinen Umweg zu machen, um oberhalb des Waldes an der Fahrstraße entlang zu gehen. Im Wald bellte ein Hund, zwischen den dicken Eschen, Buchen und im Dunst des frühen Morgens konnte sie ihn nicht sehen.

Auf dem Fußweg neben der Fahrstraße, von dem die Mulde des Burgwaldes steil abfiel, traf sie den alten Stachowiak. Er stand bewegungslos, starrte in den Wald hinunter, wo jetzt ein brauner Spaniel bellend durchs Laub rannte. Der Hund schien eine Spur zu verfolgen, alles an ihm drückte Jagdeifer aus: die langen Ohren, die rauf, runter flogen, das Wedeln des Stummelschwanzes, die Stimme, die sich vor Erregung überschlug. Stachowiak war ein Kollege, den Marianne nicht sehr mochte. Er war der Werkdozent, ständig spöttisch, zynisch, ironisch, dazu unglaublich schlagfertig,

33

so daß man in Wortgefechten keine Chancen hatte. Sie ging ihm meistens aus dem Weg, doch jetzt war ein Entkommen, das nicht lächerlich gewirkt hätte, nicht möglich. Wenigstens begrüßen mußte sie ihn und den Rest des Weges mit ihm gehen.

Stachowiak erwiderte ihre Begrüßung nicht, warf nur einen Blick zur Seite, wer ihn angesprochen hatte, und starrte weiter in den Wald. „Sehen Sie den Hund?" sagte er, ohne sie anzublicken.

„Ja."

„Phantastisch."

„Was ist damit?"

„Phantastisch ... der ist spurlaut."

Mit *spurlaut* konnte Marianne nichts anfangen. Sie wollte fragen, was das bedeute, doch sie sagte: „Ihr Hund?" Obwohl sie wußte, daß Stachowiak keinen Hund hatte.

„Der von dem Arzt hier unten ... dem Internisten."

„Dr. Begemann?"

„Ja. Ein verhätschelter Schoßhund und spurlaut, spüren Sie nichts?"

„Was spüren?" fragte Marianne irritiert.

„Na ... im Hals, im Bauch, in der Brust, irgendwo - ."

„Muß man was spüren?"

„Wenn man ein Seelenleben hat, ja. Geben Sie mal Ihre Hand!"

Sie reichte sie ihm widerstrebend, er nahm sie kurz, sagte: „Wie ich's mir gedacht habe: eiskalt!"

„Also habe ich kein Seelenleben?"

„Kann ich noch nicht sagen. Einmal ist da die alte Streitfrage, ob Frauen überhaupt eins haben können - das müßte zuerst geklärt werden -, dann..."

„Wahrscheinlich ist diese Streitfrage aufgekommen, weil früher immer nur Männer über solche Sachen nachgedacht haben - . Um ihr Gefühl, besser zu sein als die andere Hälfte

der Menschheit, abzusichern, haben sie sich schnell die ent-
sprechenden philosophischen Systeme konstruiert ... ein alter Trick." Marianne hatte Spaß an der Frotzelei bekommen, es war ihr nicht mehr unangenehm, neben Stachowiak
zu stehen.

„Vielleicht liegt die mangelnde Seelenlebensqualität schon
darin begründet, daß Frauen über so etwas kaum nachdenken. Sie könnten ja Systeme aufstellen, die beweisen, daß
Männer kein Seelenleben haben."

„Beschreiben Sie mal das Gefühl, das beim Bellen eines
Hundes entsteht ... wenn man anstatt eines leeren, düste-
ren Raumes irgendetwas in der Brust hat. Damit ich endlich
ahne, wie das ist, ein richtiger Mensch zu sein."

„Damit Sie das nachvollziehen können, muß ich wohl ein
Beispiel aus der Ebene der Frauen bringen."

„Der unteren!" warf Marianne ein.

„Der unteren Ebene. Es ist ein ähnliches Gefühl, als wenn
Ihnen Ihr Liebster ein Diamanthalsband schenkt."

„Ich habe noch keins bekommen."

„Dann stellen Sie sich vor, Sie hätten sich ein todschi-
ckes, teures Modellkleid geleistet ... und wenn Sie es dann
zum erstenmal alleine in Ihrem Zimmer anziehen, sich im
Spiegel betrachten: genau dieses Gefühl!"

„So schön - ?" rief Marianne aus.

„Phantastisch, nicht?" Jetzt sah Stachowiak sie an, sein
lächelnder, ironischer Blick wurde nachdenklich. „Nein ...
der Hund hat mich an meine Kindheit erinnert. Damals, als
ich meinen ersten Hasen schoß, ich muß zehn gewesen sein.
Wir hatten einen sehr großen Garten, mit einem Zaun drumrum - in einem Dorf im Osten -, und in den kam ... interessiert Sie das überhaupt?"

„Geschichten von Kindern interessieren mich - viel mehr
als Nachdenkereien über Seelenleben."

„Gut, wir können dabei weitergehen. - In diesen Garten

kam durch ein Loch im Zaun abends immer ein Hase. Einige Wochen, Monate habe ich mir das angesehen, dann beschloß ich, ihn zu erlegen. Mein Vater hatte eine Flobertflinte, die zur Bekämpfung der vielen Ratten da war: sie war mein erster Helfer. Der zweite war unser Hund und der dritte mein kleiner Bruder. Er war vier, ein wirklich brauchbarer Junge. Wenn ich sagte: ‚Spring vom Tisch, ich fang dich!‘, dann sprang er, ohne zu zaudern. Damals war er wirklich großartig.“

„Nur damals - ?“

„Er ist Häusermakler geworden. Glauben Sie, der würde heute noch aus dem ersten Stock eines seiner Häuser springen, selbst wenn ich sagte: ‚ich fang dich?‘ Für zwanzigtausend würde er vielleicht springen - . Bei manchen Menschen scheint das Leben ein einziger Schrumpfungsprozeß zu sein. Ja ... aber weiter. Als der Hase in dem Garten war, habe ich mich zum Loch im Zaun geschlichen, es verbarrikadiert und ein Stück entfernt hinter einem Baum mit dem Gewehr im Anschlag Stellung bezogen. Auf einen Wink kam mein kleiner Bruder von der anderen Seite in den Garten, ließ den Hund los. Als der Hund die warme Spur hatte, begann er zu bellen ... eine Promenadenmischung, aber spurlaut. Der Hase kam angeflitzt, jedoch irgendwie noch gelassen, er wollte durch sein Loch im Zaun. Und dann sein Erschrecken, als es zu war! Ob Sie es glauben oder nicht: der Hase machte einen maßlos erschreckten Eindruck. In seiner panischen Angst - der bellende Hund war dicht hinter ihm - richtete er sich am Zaun auf. trommelte verzweifelt mit den Vorderpfoten dagegen ... nur Bruchteile von Sekunden, aber es genügte: ich schoß ihm die dicke Bleikugel genau in den Kopf.“ Stachowiak machte eine Pause. „Und dann ... dann hat mein Alter mich unsagbar verdroschen. Er war der Schulmeister des Dorfes. Einen Menschen durfte man damals totschlagen, besonders wenn er Pole war, aber Hasen zu wildern, das war ein wirkliches Verbrechen."

„Das glaube ich Ihnen nicht ganz - ", Marianne lachte.

„Ich versuche, Ihnen darzustellen, wie einmalig ich als Kind war, und Sie glauben mir nicht." Er öffnete das Tor zum Eichenhof, ging hinein. Marianne fand es gut, daß er keine Verrenkungen unternahm, das Tor zu öffnen, dann sie als erste hindurchgehen zu lassen. „Seltsam ... ich habe noch so viele Bilder im Gedächtnis - . Diese Ereignisse scheinen vor einigen Tagen, Wochen passiert zu sein, und wenn ich nachrechne, liegen sie fast fünfzig Jahre zurück. Manchmal erschreckend. Ich denke in letzter Zeit überhaupt viel über meine Kindheit nach ... glaube, ich werde alt."

Mit Alter habe das wohl nicht unbedingt zu tun, meinte Marianne, auch ihr kämen laufend Erinnerungen an die Kindheit. „Es gibt Probleme, die ich mit sechzehn, siebzehn genauso empfunden und gesehen habe wie heute. Irgendwie ist keine Veränderung festzustellen. Sogar in der realen Welt, in den Bildern von der realen Welt, die ich mir gemacht hatte. Als Kind habe ich unten in der Stadt, im Oelbrink gewohnt. Manchmal mache ich einen Umweg durch diese Straße, sehe mir die Stellen an, wo ich als Kind gespielt habe, und das Seltsame ist, daß mir die Häuser, wenn ich sie jetzt sehe, viel kleiner vorkommen, als sie in der Erinnerung sind."

„Damals waren Sie klein ... und die Häuser entsprechend groß."

„Ja. Doch das Seltsame ist, daß die Häuser in meinem Gedächtnis die alte Größe behalten. Wenn ich jetzt im Moment an den Oelbrink denke, sehe ich die Häuser so groß, wie ich sie als Kind gesehen habe ... obwohl ich durch meine nachträgliche Erfahrung als Erwachsener die Größen eigentlich korrigieren müsste. - In der Straße gab es ein Haus, vor dem es immer nach ... nach ... Urin stank. In dem Haus lebte damals eine Kriegerwitwe mit vier Kindern, drei Jungen, ein Mädchen. Es gab zu der Zeit in diesen alten Häusern, die zum Teil aus dem siebzehnten Jahrhundert stammten, keine Wasserklosetts - das Plumpsklo war meistens hinten im Stall. Die Kinder scheinen abends vorm Schlafengehen, weil sie Angst hatten vor dem dunklen Stall, einfach immer vors Haus gepinkelt zu haben, und deshalb stank es da nach Urin, besonders im Sommer. Und jetzt das Verrückte: jedesmal, wenn ich heute an dem Haus vorbeikomme, ziehe ich tief die Luft ein. Natürlich riecht man nichts mehr ... aber wenn ich vorbeikomme, fange ich wieder an zu schnuppern."

Sie lachten.

„Jetzt muß ich aber an die Arbeit", sagte Marianne, schaute auf die Uhr.

„Ich auch. Da kommt mir gerade ein unglaublicher Gedanke", sagte Stachowiak, „es könnte sein, daß Frauen vielleicht doch Seelenleben haben - . Ich müßte darüber noch nachdenken. Die Luft einzuziehen, um Urin zu riechen, der gar nicht mehr da ist, das könnte wirklich für Seelenleben sprechen."

Kaum war Stachowiak ins Werkhaus gegangen, bekam Marianne Zweifel, ob es richtig gewesen war, diese persönlichen Dinge zu erzählen. So etwas war gefährlich - besonders bei Leuten, die man nicht genügend kannte. Wenn Stachowiak jetzt herumerzählte, die Hüser schnuppert an alten Häusern nach Urin, sie würde zum Gespött des ganzen Eichenhofs. Welche Abwehrmöglichkeiten hätte sie? Im Grunde keine. Sie konnte dann höchstens sagen: „Der Stachowiak, dieser alte Trottel - dem läuft der Geifer zusammen, wenn er einen Köter bellen hört!"Gegen Urin war das gar nichts -. Sie sah eine Gefahr und fühlte sich dennoch gut, weil sie sich diese Blöße gegeben hatte. Sie hatte etwas wirklich Persönliches erzählt: einem Fremden, dazu noch einem Mann gegenüber. Sollte er tratschen, das war dann sein Problem, nicht ihres. Er würde sich selbst damit schaden, nicht ihr.

Sie mochte ihn.

Im Büro öffnete Marianne die eingegangene Post, versah sie mit dem Eingangsstempel, las sie: eine Menge Drucksachen, ein Schreiben von der vorgesetzten Behörde, dem Landesjugendamt, dann noch ein paar Briefe von *alten Kameraden*, wie sie es nannte. Das waren Briefe von Leuten, mit denen Seele in seiner Studenten-, Soldatenzeit befreundet gewesen war, denen er nach all den Jahren noch laufend schrieb und die er auch besuchte, wenn er auf seinen Dienstreisen in ihre Gegend kam. In der Vorlagemappe, die von unten heraufgekommen war, lagen Vermerke, Bestellscheine, Lieferscheine - von der Küche, dem technischen Betriebsleiter -, die gegengezeichnet werden mußten. Ganz am Schluß lag ein Blatt mit einigen wenigen Schreibmaschinenzeilen und fünf übergroßen Unterschriften, in der Mitte darunter. Schon am graphischen Aufbau erkannte Marianne, daß es eine Attacke war: >Die unterzeichnenden Dozenten des EICHENHOFS protestieren aufs Schärfste gegen den Satz ‚Der EICHENHOF hat sich bisher nur am Rande mit Fragen der Sozialisation befaßt' (Zitat aus dem Brief vom 29.3. an die vorgesetzte Behörde). Zu einem solchen Fehlurteil kann es nur kommen, weil der Leiter sich nicht genügend um die pädagogische Arbeit des Hauses kümmert!<

Gerade wollte sie den Brief noch einmal lesen, da rief Seele an und wollte wissen, was in der Post sei. Marianne berichtete in knappen Worten über den Inhalt der wichtigsten Briefe, das Schreiben des pädagogischen Teams verschwieg sie. Seele sagte, er wolle nicht gestört werden, weil er an dem Aufsatz für die Festschrift arbeite, legte auf.

Unterschrieben hatten das Schreiben alle Dozenten bis auf Stachowiak. Marianne hätte gerne gewußt, ob er sich geweigert zu unterschreiben oder ob sie ihn gar nicht darum gebeten hatten. Wahrscheinlich das letztere. Er fiel vom Alter aus dem Team heraus - er war zwanzig, dreißig Jahre älter als die meisten -, und wurde von seinen Kollegen wegen seiner angeblich ‚konventionellen und unwissenschaftlichen Arbeitsweise' beargwöhnt, bekämpft. Sie las den Brief zum drittenmal, schüttelte den Kopf und griff zum Telefon, um Tender anzurufen. Sie wählte seine Nummer, legte sofort den Hörer wieder auf.

Marianne ahnte, daß in diesem Brief der Punkt enthalten war, an dem sich stets wieder neu die Kontroversen entzündeten. Wenn es gelang, ihn sichtbar zu machen, konnten wirkliche Auseinandersetzungen geführt werden, die - egal wie das Ergebnis aussehen würde - positiv waren. Das Problem mündlich herauszuarbeiten, traute sie sich nicht zu, wollte es schriftlich tun.

Als sie den Brief begann, wußte sie noch nicht, welches der Punkt war, nachdem sie die ersten Sätze geschrieben hatte, bekam sie neue Blickwinkel, die ihr die Möglichkeit gaben, fortzufahren. Sie kam sich vor wie ein Autofahrer, der in der Kurve erst den weiterführenden Straßenabschnitt einsehen kann. >>Lieber Herr Tender<<, schrieb sie, >>es geht mich zwar nichts an, doch ich finde den Vermerk des Teams in Sachen ‚Sozialisation' nicht sehr konstruktiv. In eigener Entscheidung - Sie können mich dafür steinigen - gebe ich den Vermerk zurück mit der eindringlichen Bitte, ihn noch einmal zu prüfen. Und ich tue das nicht, weil ich die Sekretärin des Chefs bin und alles Unangenehme von ihm fernhalten möchte. Der Vermerk kann meinetwegen noch viel schärfer sein, nur sollte er m.E. in der Form konstruktiver abgefaßt sein, so daß er zu einer wirklichen Auseinandersetzung führt, an der alle Beteiligten ‚wachsen' können. In der Sache haben Sie recht, doch die Form führt nur zu einem unkontrollierten Schlagabtausch, an dessen Ende eine bloße Erschöpfung steht - die dann wieder, wie schon oft gehabt, zur emotionalen ‚Verbrüderung' führt. - In dieser Auseinandersetzung steckt - wenn ich es recht sehe - das

‚Kernproblem', an dem sich immer wieder neu die Kontroversen entzünden. Ich möchte versuchen, dieses Kernproblem deutlich zu machen.

Herr Seele hat sich einen Hammer geleistet, indem er behauptete, der EICHENHOF habe sich in der Vergangenheit nur am Rande mit ‚Sozialisation' beschäftigt. Er hat das aber nur behaupten können, weil er es nicht ‚gesehen' hat. Und er konnte es nicht sehen, weil er unter ‚Sozialisation' etwas ganz anderes versteht als das Team - bzw. weil er aus den wissenschaftlichen Erkenntnissen um die Sozialisation andere Schlüsse zieht als das Team. Und genau dies ist m.E. das Kernproblem: daß beide Seiten dieselben Worte benutzen, aber etwas ganz anderes damit meinen.

Ich möchte einmal versuchen darzustellen, was Herr Seele mit den Erkenntnissen über die Sozialisation ‚vorhat'. Das ist sehr schwierig, weil er sich kaum je wirklich festlegt - man ist auf Interpretationen seiner Briefe, Papers etc. angewiesen -, und wahrscheinlich würde er meine nun folgende Interpretation weit von sich weisen:

Herr Seele möchte aus den Erkenntnissen über die Sozialisation - dem Prozeß der Entstehung von Verhaltensweisen - zu einer ‚richtigen' Erziehung kommen. Er möchte über eine gezielte Erziehung Einfluß nehmen auf das Werden des Menschen - schon des ganz kleinen Menschen, deshalb sein ständiges Gedankenkreisen um die frühkindliche Prägung. Er möchte Wege finden, die Kinder - praktisch schon von der Geburt an - ‚richtig' zu programmieren, ‚sozialisieren', damit das weitere Leben dieser Kinder als Erwachsene ‚richtig' und ‚gut', wie von selbst, verläuft. Man hat ja erkannt: Intelligenz z.B. wird kaum durch die Schulbildung erzeugt, sondern in ganz überwiegendem Maße in den ersten Lebensjahres des Kindes vor der Schule durch die Umwelt oder durch seine Reaktionen auf die Einflüsse der Umwelt.

Demgegenüber sagt sich - wenn ich es recht sehe - das

Team: Wir in unserer außerschulischen Bildungsstätte haben es nicht mit Säuglingen zu tun, sondern mit überwiegend schon ‚fertigen' Menschen; wir müssen ihnen das Phänomen Sozialisation bewußt machen, damit sie etwaige in ihnen falsch verlaufene Sozialisationen rational ‚brechen' und versuchen können, die Folgen falscher Sozialisation rational richtig zu steuern. Eine sich ständig wiederholende rationale Gegensteuerung wird sich nach und nach als bedingter Reflex einschleifen, so daß sie nach einiger Zeit zu einer neuen Sozialisation führt, die ‚unbewußt' wirkt. - Wenn der EICHEN-HOF sich in der politischen Bildungsarbeit mit Problemen des ‚Vorurteils', der ‚Sündenbocktheorie' etc. befaßt, dann macht er falsche Sozialisationen bewußt, die in der richtigen Politik ja sehr verhängnisvoll werden können, wenn sie unbewußt, vielleicht in Pogromen etc., ablaufen. Wenn der EICHENHOF sich mit Medienerziehung befaßt, dann versucht er, schädlichen Sozialisationen, die durch bestimmte Tricks der Medien - tiefenpsychologischer Aufbau der Werbung, Montage von Fernsehnachrichten in Zusammenstellung von Bild und Wort, um bestimmte Wirkungen zu erzielen, etc. - entstehen können, rational gegenzusteuern. Und auch die Sensitivity-Trainings versuchen durch eine direkte Selbsterfahrung über das Tun und emotionale Empfinden - nicht so sehr über das rationale Bewußtmachen - die Teilnehmer zu neuen Einsichten in die eigene Sozialisation zu führen, um ihnen Möglichkeiten zu geben, diese, wenn nötig, zu verändern. Das gleiche ist es mit der musischen Bildung.

Die Ansätze von Herrn Seele und vom Team sind m.E. völlig verschieden - sie laufen um 180 Grad auseinander. Beide Seiten benutzen die gleichen Worte, verbinden damit aber völlig andere ‚Inhalte'.

Wenn ich es recht sehe, scheint sich das Team durch den Ansatz von Herrn Seele ‚bedroht' zu fühlen - deshalb die oft irrationalen Reaktionen, die manchmal einem blinden Umsichschlagen ähneln. Ich kann diese Bedrohung nachempfinden: wenn ich es als Laie - der sein Wissen hauptsächlich durch Briefeschreiben und aus kursierenden Papers aufgeschnappt hat - richtig sehe, dann führt der Ansatz von Herrn Seele, konsequent zu Ende gedacht und ausgeführt, zu einem autoritären oder totalitären gesellschaftlichen System. Um einen Menschen in der Kindheit, Jugend und im Erwachsenenalter ‚richtig' zu sozialisieren, dazu müßten das Elternhaus, der Kindergarten, die Schule, die Berufsausbildung und der Alltag mit seinen verschiedenen Informationsquellen *gleiche* Erziehungsinhalte und -ziele haben - so etwas läßt sich aber nach jeglicher Lebenserfahrung nicht auf einer freiwilligen Basis erreichen, höchstens durch eine von oben verordnete Ideologie. Nehmen wir die ‚Zehn Gebote' - die ja, genau gesehen, nichts anderes sind als eine Gebrauchsanweisung zur ‚richtigen' Sozialisierung von Menschen - : sie zur Verbindlichkeit für ein gesellschaftliches System erkoren, machen dieses System notwendig totalitär.

Lieber Herr Tender, noch einmal: nehmen Sie mir bitte mein eigenmächtiges Vorgehen nicht übel. Doch ich meine, wenn Sie Ihren Vermerk ähnlich wie oben - ich liege bestimmt nicht überall richtig - abfassen, dann wird er bedeutend härter, kann aber zu einer wirklich konstruktiven Auseinandersetzung führen.

Herzliche Grüße
Ihre
Marianne Hüser <<.

Marianne las den Brief noch einmal durch und erkannte, daß sie mehr ausgesagt, als sie gewußt hatte. Im Schreiben hatte sich ihr eigener Bewußtseinsstand vergrößert. Sie versuchte, den Inhalt zu vergessen, den Brief noch einmal zu lesen wie ein Fremder, der einen Brief bekommt, von dem er nicht weiß, was drinsteht, und der unvoreingenommen zu lesen beginnt. Sie war hart mit Seele ins Gericht gegangen. Sie war nicht in Abhängigkeit zu ihm: sie mochte ihn, und doch fand sie etliche seiner Ideen falsch, hatte die Freiheit, dies herauszuarbeiten.

Marianne legte den Brief zusammen mit dem Vermerk des Teams in eine Mappe, schob sie Tender unten ins Fach. Ihm den Brief eigenhändig zu geben, traute sie sich nicht, sie wollte nicht dabei sein, wenn er ihn las. Die Mappe wurde schon bald wieder nach oben gebracht, mit zwei beiliegenden Zeilen, daß der Vermerk in seiner vorliegenden Form an Seele gehen solle. An den kühl formulierten Worten erkannte Marianne, wie sauer Tender reagiert hatte.

Sie fühlte sich wegen dieser Abfuhr unbehaglich, las ihren Brief noch einmal. Sie fand ihn wieder gut. Wahrscheinlich widersprach es aber dem gesellschaftlichen Rollenverständnis, daß eine Sekretärin sich eigene Gedanken machte und vor allem vortrug ... sie hatte nur die Überlegungen zu tippen, die andere sich machten - . Und plötzlich kam ihr der spontane Einfall, den Brief an Tender Seele zur Kenntnis zu geben.

Der Brief war sachlich. Ein Leser hatte gewiß den Eindruck, daß es ihr nicht um Attackieren von Personen ging, sondern um das Verdeutlichen von Problemen. Die einzige Stelle, die als persönlicher Angriff gewertet werden konnte, war die Zeile *Herr Seele hat sich einen Hammer geleistet, indem,* und es konnte auch niemand behaupten, durch die Weitergabe des Briefes wolle sie radfahren. Wenn sie sich in diesem Brief mit etwas hart auseinandersetzte, dann mit dem gedanklichen Ansatz ihres Chefs: wohl das Gegenteil von Radfahren. Sie überklebte die eine Zeile mit dem Satz *Herr Seele lag gewiß nicht richtig, als,* lichtete den Durchschlag ab. Dann schrieb sie Seele, warum sie den Brief ihm weiterreiche - um noch Benzin ins Feuer zu gießen, damit die Auseinandersetzung konstruktiver werden könne -, gab den Durchschlag dieser Zeilen dem Team zur Kenntnis, steckte weitere Durchschläge und Ablichtungen in einen Brief an Stachowiak. Ihn als Unbeteiligten bat sie um objektive Stellungnahme ... wenn er meine, ihre Überlegungen und ihr Tun seien falsch, möge er es ihr offen sagen.

Sie ging in die Bibliothek und lieh Bücher aus, in denen etwas über *Sozialisation* stand: das Handbuch der Soziologie, das Handbuch der Pädagogik, einige dünnere Spezialuntersuchungen zu dem Thema. Nach Feierabend ging sie noch einmal durchs Haus, legte Seele, dem Team und Stachowiak die Schreiben in die Fächer und machte, daß sie vom Gelände des Eichenhofs wegkam. Im Wald begann sie zu lachen, dann zu laufen. Kichernd rannte sie den steilen Waldweg hinunter, wie ein Kind, das einen spitzen Streichholz in eine Hausschelle gesteckt hat. „Ich bin verrückt", sagte sie laut, blieb keuchend stehen. „Ich hab mich zwischen alle Stühle gesetzt ... ich muß kündigen - ."

Die Vorstellung, wegen ihres Briefes kündigen zu müssen, begeisterte sie so, daß sie die Arme wie ein großer Vogel ausbreitete, langsam hob und senkte. Doch die Handbücher der Soziologie, Pädagogik waren kiloschwer, so daß ihr rechter Flügel hing.

„Ich muß kündigen", kicherte sie, „ich habe gewagt, Meinungsfreiheit in Anspruch zu nehmen ... ich werde verfolgt, muß gehn." Sie versuchte, sich in ein Leben unter totalitären Regimen hineinzuversetzen, mit allen Fakten, die sie darüber gehört, gelesen hatte, und auf einmal war die Vorstellung, wegen Meinungsäußerungen verfolgt zu werden, gar nicht amüsant. Wohin würde sie fliehen, bei wem sich verstecken - ? Sie ging ihren Bekanntenkreis durch, kam auf Stachowiak und Seele. Bei denen würde sie es versuchen, bei Seele aber nur für eine Nacht: er war zu wechselhaft in seinen Entschlüssen. Daß sie unter ihren Bekannten allein zwei Menschen fand, denen sie in einer solchen Situation vertraut hätte, deprimierte sie. War ihr Leben an Freunden so arm?

Der Reichtum eines Mannes sind seine Freunde - , dachte sie. „Der Reichtum ... eines Mannes ... sind ... seine Freunde!" zitierte sie laut und langsam Tucholsky. Der Reichtum eines *Menschen* sind seine Freunde ... bin ich wirklich so arm - ?

Bei Stachowiak und Seele würde sie versuchen, sich zu verstecken. Es war ihr klar, daß sie diese Wahl vor vierundzwanzig Stunden noch nicht getroffen hätte - Seele ja, doch Stachowiak auf keinen Fall -, und das ließ sie mißtrauisch werden gegen sich selbst. Kaum ist einer etwas nett zu mir, und schon gehe ich mit vollen Segeln zu ihm über - . Doch während sie es dachte, lächelte sie, empfand gegenüber sich selbst so etwas wie Zärtlichkeit.

Als Marianne am nächsten Morgen ins Büro kam, lag da ein Zettel auf dem Schreibtisch: >Rufen Sie mich sofort an, wenn Sie kommen!< Die Zeilen hatte Seele selbst geschrieben, wohl schon am Abend hingelegt. Sie las den Zettel zum zweiten Mal, und auf einmal spürte sie, wie sich Angst in ihrem Körper ausbreitete: die Bauchmuskeln verkrampften, die Hände fingen an zu zittern, ihr Hals schwoll an, der Mund wurde trocken. Sie zog in überlangsamen Bewegungen den Mantel aus, hängte ihn sorgfältig über den Bügel - schloß wieder das Vorderteil mit einem Knopf -, spülte am Waschbecken den Mund aus, wählte die Nummer 45.

„Ja?" sagte Seele.

„Hüser."

„Sind Sie ganz von Gott verlassen, Mädchen - ?" Seine Stimme klang nicht wütend, nur irgendwie ratlos.

„Wieso?" sagte Marianne, und im gleichen Moment kam sie sich blöd vor wegen der Verstellung.

„Das wissen Sie genau."

„Wegen des Briefs und des Vermerks?"

„Natürlich. - Was haben Sie sich eigentlich dabei gedacht? Ich bin kaum je so angegriffen worden - und zu Unrecht, möchte ich ausdrücklich bemerken."

„Ich habe mir einiges dabei gedacht."

„Habe ich gemerkt."

„Und ich habe nicht Menschen attackiert, sondern Gedanken, Vorstellungen."

„Das kann man nicht trennen."

„Ich glaube doch, Herr Seele. Ich mag Sie - und trotzdem halte ich einige Ihrer Ansätze für falsch, kann sie nicht akzeptieren. Es ging mir um die Sache, nicht um Ihre Person, und außerdem habe ich in diesem Brief auch gegen die Vorstellungen, das Verhalten anderer Leute gekämpft."

„Das weiß ich, deshalb sind meine Gefühle ja so zwiespältig", sagte Seele. „Doch Sie sind meine Sekretärin: sie dürfen unmöglich meinen Widersachern Munition gegen mich liefern. Wenn Sie Ihre Gedanken wenigstens als persönliches Schreiben nur an mich abgefaßt hätten - . Mir persönlich können Sie alles an den Kopf werfen, das wissen Sie, ich bin da nicht nachtragend."

„Ihnen persönlich ja ... damit keiner davon etwas mitkriegt und Sie es schnell wieder untern Teppich kehren können."

„Mädchen, wir kriegen richtigen Streit miteinander - ."

„Warum muß denn das Team Ihr Feind sein und Sie der Feind des Teams - ? Weil bis jetzt die Spannungen stets mit verdeckten Schlägen ausgetragen worden sind. Ich wollte mit meinem Brief die Auseinandersetzungen auf eine rationale Ebene heben. Beide Seiten können nun nicht mehr ausweichen ... daß mir das gelungen ist, darauf bin ich richtig stolz. Ehrlich."

„Und ich bin sauer: auch ehrlich. Das Seltsame ist nur,

daß ich spüre, sauer zu sein, weil ich sauer sein muß - ."

„Ich glaube sogar jetzt, die inneren Probleme unseres Hauses auf einen Punkt reduzieren zu können", sagte Marianne schnell.

Dann solle sie es ihm sagen, meinte Seele.

„Das kann ich nicht mündlich, nur schriftlich. Ich habe erst eine sehr vage Vorstellung."

Dann schriftlich. Aber bitte als *persönlichen* Brief nur an ihn.

„Zu meiner Kontrolle, ob ich richtig liege, brauche ich einen Mitleser."

„Wen?"

„Stachowiak."

„Stachowiak - ?" Seele überlegt. „Okay. Wann kriege ich den Brief?"

Das werde einige Tage dauern, sagte Marianne. Wenn sie es überhaupt fertigbringe, ihre Vorstellungen zu formulieren.

Gerade hatte sie den Hörer aufgelegt, da rief Seele wieder an. „Ich habe noch etwas vergessen ... hätten Sie Interesse, am Wochenende auf einer Elterntagung mitzumachen? Uns ist eine Kindergärtnerin ausgefallen, Sie hätten auf Kinder aufzupassen, weiter nichts."

„Daran hätte ich Spaß", sagte Marianne.

„Gut, Samstag um zehn ist die Vorbesprechung."

.   .
.

Die Kinder hatten angefangen, mit dem Raum des großen Fachwerkhauses zu spielen. Immer mehr kamen aus dem Kaminzimmer, wo zwei Kindergärtnerinnen Mal-, Bastelarbeiten anboten, in die Diele. Sie rannten herum, schrien, erkundeten die Nebenräume, Winkel des Hauses, in die kaum je erwachsene Besucher gingen. Es schien tatsächlich ein Spielen mit dem Raum zu sein, wie Ulrich es nannte, der mit Marianne in der Diele stand. Das alte Bauernhaus hatte andere Dimensionen als die Drei-, Vierzimmerwohnungen zu Hause!

Zwei Kinder entdeckten die Rutschmöglichkeiten der steilen Holztreppe, und im Handumdrehen waren alle zwischen drei und acht Jahren mit Rutschen über die glatten, ausgetretenen Stufen beschäftigt. Sie steigerten von Mal zu Mal die Höhe, bis schließlich die Kühnsten die ganze Treppe vom ehemaligen Heuboden auf dem Hintern aus sechs Meter Höhe hinabsausten. Marianne bekam Angst, weil sie ständig meinte, die Kinder könnten ins Stolpern geraten, womöglich noch durch Fensterscheiben stürzen.

„Wenn sie sich das Rutschen nicht zutrauten, würden sie es nicht tun“, sagte Ulrich nur. Er war angehender Sozialarbeiter, stand wie ein Hirtenhund mitten in der Diele, gelassen, aber die Kinder immer im Auge behaltend. Sein langer Bart und die zotteligen Haare verstärkten noch den Eindruck des Hirtenhundes. „Es rutschen genau zwei Kinder von ganz oben! Die Dreijährigen wagen sich nur über die unteren Stufen.“

Es stimmte, und doch behielt Marianne diese Angst, daß im nächsten Augenblick Schreckliches passieren würde.

„Sieh einfach nicht hin ... ganz tief durchatmen - .“ Ulrich machte eine Bewegung: sie sah seine Hand auf sich zukommen, zog den Magen ein. Doch die Hand strich ihr sehr behutsam vom Brustbein hinab über den Bauch.

„Mein Gott, hab ich mich erschrocken ... ich dachte, du

wolltest mir in den Magen greifen!" sagte Marianne.

„Ich mach immer nur sanfte Sachen - ." Sein Lächeln kam ihr etwas spöttisch, amüsiert vor.

Marianne war durch die eigene Reaktion so erschreckt, daß sie die Kinder bei ihrem Spiel auf der Treppe nicht mehr wahrnahm. Sie wollte allein sein, gab vor, sich bei der Anmeldung oben die Namen der Kinder aus den schriftlichen Unterlagen einprägen zu wollen. Welche Erfahrung habe ich gemacht, dachte sie, daß ich bei einer etwas schnellen Handbewegung eines Fremden gleich den Magen einziehe - ?! Doch sie konnte nicht lange über sich nachdenken, weil der Großteil der Kinder mit Ulrich und einer Kindergärtnerin auf den Spielplatz gehen wollte, sie mit der zweiten Kindergärtnerin auf die verbleibenden Kleinkinder, die nicht mit wollten, aufpassen mußte. Es waren sieben Kinder. Sechs beschäftigten sich mit Malen, Papierausschneiden, Kleben - nur ein kleiner Junge von dreieinhalb wollte andauernd in den Gruppenraum, in dem seine Mutter mit anderen Eltern im Gespräch saß. Die Mutter brachte ihn ständig zurück, doch nach wenigen Minuten war er wieder bei den Erwachsenen. Hindern konnte Marianne ihn nicht daran, weil er dann sofort anfing zu weinen. Sein Weinen war nicht gespielt, nicht erpresserisch - Marianne hörte eine verzweifelte Angst heraus, ließ ihn dann sofort los, wenn sie ihn auch hatte zurückhalten wollen. Der Kleine hieß Matthias. Sie hatte den Namen von seiner Mutter erfahren, er selbst gab außer Weinen keine Laute von sich. Doch an seinem aufmerksamen Blick - seine Lider waren weit heruntergezogen, er hatte nicht diese offenen, furchtlosen Augen wie die meisten Kinder seines Alters - merkte man, daß er intensiv beobachtete, zuhörte.

„Haben Sie nicht ein Auto?" fragte seine Mutter, als sie ihn wieder einmal zurückbrachte. „Unglücklicherweise haben wir seins zu Hause vergessen ... wie andere Kinder ihren

Teddybären, braucht er sein Auto."

Ein Auto war nicht unter den Spielsachen, doch ein Holz-
baukasten, mit Rädern und Schrauben. „Soll ich dir eins
bauen? So'n richtig großes mit roten Rädern - ?" fragte
Marianne. Matthias erwiderte nichts, stand da, sah an Marianne vorbei in eine Ecke. Doch seine Haltung schien Zu-
stimmung auszudrücken, er machte jetzt keine Anstalten,
seiner Mutter zu folgen, die in den Gruppenraum zurückge-
gangen war. „Wie lang soll es denn werden? So lang ... oder
so - ?" Sie zeigte mit den Zeigefingern Längen an, Matthias
reagierte nicht, nicht die kleinste Bewegung. Nur an seiner
aufmerksamen Art, mit der er auf ihre Hände sah, erkannte
sie, daß er interessiert war. „Dann nehmen wir mal diese
beiden langen Hölzer, mit den fünf Löchern ... die verbinden
wir durch zwei kürzere und schrauben an allen vier Ecken
die Klötze an, in die später die Achsen der Räder kommen.
Siehst du - so! Sollen wir lieber rote oder grüne Klötze nehmen? Du weißt es nicht - ? Nehmen wir vielleicht mal grüne, die Räder sind rot, und rot und grün paßt sehr schön zusammen. Find ich wenigstens - du auch?"

Matthias verzog keine Miene. Nur die Lider hatte er nicht
mehr so tief heruntergezogen, in seinen Augen schien jetzt
eine Spur von Lächeln zu sein. Augen selbst können nicht lächeln - , dachte Marianne, sah noch einmal hin. Doch ... irgendetwas Gelockertes war jetzt in seinem Blick. „Und vor-
ne machen wir noch zwei Klötze drauf, als Kühler, und noch
eine Windschutzscheibe." Marianne baute den Kühler, darüber einen Holzrahmen als Windschutzscheibe.

„Nein", sagte Matthias. *Nein* war das erste Wort, das er
zu ihr sprach.

„Du möchtest keine Windschutzscheibe - ? Damit sieht
das Auto aber besser aus."

„Nein - ", sagte Matthias noch einmal, und sein Gesicht
verzog sich zum Weinen.

„Wir machen natürlich alles so, wie *du* es willst", sagte Marianne schnell, montierte den Scheibenrahmen ab. „Du möchtest also einen Jeep. Nicht schlecht. Sollen wir hinten eine Ladefläche draufbauen, damit du schwere Sachen transportieren kannst?"

Matthias erklärte durch Kopfnicken sein Einverständnis, und Marianne baute eine Ladefläche. Als das Auto fertig war, gab er ihm einen Stoß, daß es ein Stück rollte, nahm es und ging zu seiner Mutter. Er kam aber sofort zurück, hatte sein Auto wohl nur zeigen wollen. „Anhänger!" befahl er, und Marianne baute einen zweirädrigen Anhänger, der mit einer Schraube angekoppelt werden konnte.

Danach begann Matthias, mit seinem Gefährt zu spielen. Zuerst alleine auf dem Fußboden, dann auf dem Tisch mit dem ältesten Mädchen, das nicht mit nach draußen gegangen war. Das Mädchen malte, Matthias hatte die Wachsmalstifte in der entferntesten Tischecke gelagert und brachte sie ihr auf Verlangen in seinem Auto unter Motorengebrumm. Sicher, ohne zauderndes Überlegen belud er den Wagen mit den gewünschten Farbstiften: selbst mit Stiften von schwierigen Zwischentönen. Sein Gesicht war jetzt gelockert, offen, es war zu erkennen, wie zufrieden ihn die Aufgabe der Materialbeschaffung machte. Plötzlich sah er Mariannes beobachtenden Blick, ging sofort wieder hinter den Augenlidern in Deckung. Marianne zwang sich, ihn nicht mehr zu beachten. Sie konzentrierte sich auf die anderen Kinder, blickte nur ab und zu flüchtig auf ihn, und er spielte die ganze Zeit, bis gegongt wurde zum Abendbrot.

Beim informellen Zusammensein am Abend, als die Kinder schliefen, kam sie neben der Mutter des kleinen Matthias zu sitzen, was ihr nicht unlieb war, da sie mit dieser Frau schon einige Worte gewechselt hatte. Sie begann, um etwas zu sagen, ein Gespräch über deren kleinen Sohn: daß er ein reizendes Kerlchen sei ... nur sehr still und schüchtern ...

bestimmt aber intelligent, das sehe man seinen Augen an. Die Frau Penzoldt erzählte von dem Kind, den Schwierigkeiten, ihren Sorgen. Sie war Lehrerin, erst vor wenigen Wochen geschieden worden, anscheinend hatte sie großes Bedürfnis, sich bei jemandem auszusprechen. Marianne hörte zu, bemerkte aber nach einiger Zeit, daß ihre Aufmerksamkeit nachließ. Sie kam sich vor, wie manchmal abends zu Hause, wenn sie Fernsehn sah, in einer Zeitschrift las und gleichzeitig noch an anderes dachte. Die Frau neben ihr sagte gerade: „Was soll *ich* denn mit einem asozialen Kind - ?"

Der Satz war nicht ganz ernst gemeint, lächelnd, etwas selbstironisch dahingesagt, das Wort *asozial* bewußt übersteigert. Marianne spürte die fremde Angst, aus der diese Bemerkung kam, war wieder hellwach. „Wie kommen Sie denn auf diese seltsame Idee, daß Matthias asozial sein könnte - ?"

„Er schließt sich nicht an andere Kinder an."

„Muß man das in dem Alter - ? Er ist doch erst dreieinhalb. Vorhin hat er sehr intensiv mit einer Achtjährigen gespielt ... zwar ohne Worte, aber er hat mir ihr gespielt."

„Er hat Angst vor Menschen."

„Wieso?"

„Das hat er mir selbst gesagt ... vor Menschen habe ich Angst. Nur vor Tieren nicht. Alle paar Tage bringt er riesige Hunde mit in die Wohnung, meistens Schäferhunde. Einmal sogar eine Dogge, deren Schulterhöhe seine Körpergröße weit überragte - ."

Marianne spürte ein Gefühl der Zärtlichkeit. „Hunde - ?" sagte sie gespielt fassungslos, um ihr Gefühl nicht sichtbar werden zu lassen. Dann fiel ihr ein, was sie kürzlich gelesen: daß etliche Schäferhunde durch Überzüchtung gemeingefährlich geworden seien, nicht mehr die Angriffshemmung hatten, die sie normalerweise gegenüber Kindern unter acht Jahren besaßen. Doch sie verschwieg es der Mutter.

Bei der ersten Gelegenheit, wo es möglich war, sich zurückzuziehen, ohne taktlos zu wirken, sagte sie „gute Nacht", ging auf ihr Zimmer. Und während sie über die langen Gänge ging, dachte sie an Matthias. Sie sah ihn ganz deutlich: wie er da gestanden hatte, sich bewegt, geblickt. Sie sah auch die Fliesen, über die sie ging, die Türen, die Treppe - davor aber stand das Bild des kleinen Jungen. Auf der Toilette wurde ihr bewußt, was mit ihr geschehen war, sie sah sich im Spiegel an, lächelte.

Sie lag mit den Kleidern auf dem Bett und versuchte, sich zu vergegenwärtigen, wie Matthias sich verhalten hatte, was er getan und gesprochen. Sie ging noch einmal durch, was Frau Penzoldt über ihren Sohn gesagt hatte, versuchte dann sich zu erinnern, ob bei dem Vorgespräch vor der Tagung Bemerkungen über Matthias' Mutter gefallen waren. Weil alles so neu für sie gewesen war, hatte sie nicht konzentriert aufgepaßt, doch ihr war, als sei der Name Penzoldt am Morgen erwähnt worden. Sie erinnerte sich, wie sie beim Vorgespräch um den Tisch gesessen hatten - da sie ... da Ulrich ... da Ruth, die Kindergärtnerin -, und plötzlich wußte sie wieder, was die Leiterin der Tagung beim Durchgehen der Teilnehmerliste zu dem Namen Penzoldt gesagt hatte: die Frau ist in meinem Elternkreis ... Lehrerin, kürzlich geschieden ... die Mutter ihres ehemaligen Mannes kenne ich seit zwanzig Jahren: Oberfürsorgerin, ziemlich Haare auf den Zähnen ... der Mann selbst ist Sozialarbeiter, lebt jetzt in Berlin - .

Das waren die Daten gewesen, und auf einmal ahnte Marianne, was sich abgespielt hatte: es war um das Kind mit allen Mitteln gekämpft worden. Da der Vater Sozialarbeiter, war das Kind wegen seines jungen Alters nicht automatisch der Mutter zugesprochen worden, der Kampf war hin und her gegangen. Wahrscheinlich hatte die Großmutter, die als Oberfürsorgerin sonst vor Gerichten Gutachten in Sachen

Sorgerecht abgab, all ihre Beziehungen spielen lassen, damit ihr Sohn das Kind bekam. Vielleicht war sogar mit einstweiligen Verfügungen gearbeitet worden, so daß Matthias einmal bei der Mutter, dann bei dem Vater, der Großmutter gewohnt hatte. Daher seine Angst vor Menschen: weil er das Ganze nicht verstanden hatte - !

Am anderen Morgen regnete es. Ein nebelartiger Nieselregen bei völliger Windstille, der Dunstschwaden wie Wolken zwischen den Bäumen hängen ließ. Beim Frühstück setzte Marianne sich an den Tisch, wo Matthias mit seiner Mutter saß. Sie sprach ihn an, doch er reagierte nicht: weder antwortete er, noch stellte er mit Augen oder Mimik einen Anflug von Kontakt her. Sein Gesichtsausdruck hatte gleichgültig Versteinertes, wenn er nicht ein kleines Kind gewesen wäre, hätte man es als arrogantes Übersehen deuten können. Nur wenn sie mit seiner Mutter sprach, bemerkte sie seitlich, wie interessiert er sie beobachtete.

Matthias' Verhalten änderte sich, als seine Mutter mit anderen Eltern in den Gruppenraum gegangen war. Er kam allein in den Kaminraum, begann, dicht neben Marianne mit Klötzen zu spielen. „Wie hast du denn heute nach geschlafen?" fragte sie.

„Gut", sagte er, sah dabei weiter auf die Klötze.

„Bist du nicht aus dem großen Bett gefallen?"

„Nein." Jetzt blickte er sie an und lachte. „Ich schlafe immer in einem großen Bett - ."

„Dann war das ja für dich nichts Neues. Ich hatte gedacht, du schliefest zu Hause noch in einem kleinen Babybett, so einem mit einer Gardine drumrum, die jeden kalten Luftzug abhält ... doch du bist ja schon groß, bist kein Baby mehr. Wie alt warst du noch?"

„Drei Jahre und ein halbes."

„Dann kommst du ja bald in die Schule."

„In zwei Jahren", sagte Matthias. Das Umgehen mit Zahlen schien ihm so geläufig, daß es ihn keine Anstrengung kostete.

„Soll'n wir wieder ein Auto bauen, einen richtigen großen Laster?" Daran schien kein Interesse zu haben. „Oder wollen wir in den Wald? Es regnet zwar ein bißchen ... wenn wir uns aber gut anziehen, werden wir nicht naß."

Dazu hatte Matthias Lust. Er ging alleine aufs Zimmer, um seine Gummistiefel, das Regenzeug zu holen. Andere Kinder wollten nicht mit. Matthias' Stiefel waren abgelaufen und glatt, andauernd rutschte er auf dem nassen Waldweg aus. Um nicht zu fallen, hatte er Marianne fest angefaßt. Sie hatte sich vorgenommen, mit ihm ein Gespräch über Hunde zu führen, überlegte, wie sie auf dieses Thema zufällig kommen könnte, dann kam ihr solches Versteckspiel nicht redlich vor, und sie begann ganz direkt: „Gestern abend hat mir deine Mama erzählt, daß du gerne Hunde magst. Das finde ich schön - ich mag nämlich auch Hunde."

„Welche?" fragte Matthias.

„Alle."

„Ich mag nur Schäferhunde richtig."

„Vor Schäferhunden habe ich immer Angst gehabt, weil die so groß und stark sind. Hast du davor keine Angst?"

„Nein, es sind meine Freunde."

„So ... es sind deine Freunde. Das ist gut, wenn man große, starke Freunde hat. Die beschützen dich wohl immer, nicht?"

„Da traut sich keiner mehr an mich heran - !" erwiderte Matthias fröhlich lachend.

„Solche Freunde möchte ich auch haben ... ich kann mir aber schlecht einen Hund halten, weil ich immer den ganzen Tag arbeiten muß - . Hast du sonst noch Freunde? Ich meine einen kleinen Jungen oder ein Mädchen, im Kindergarten oder in eurer Straße."

„Nein."

„Im Kindergarten sind doch bestimmt viele nette Jungen und Mädchen."

„Ich will aber keinen Freund!"

„Ach - du willst keinen. Entschuldige, das wußte ich nicht. Gibt es denn im Kindergarten welche, mit denen du gerne spielst, lieber als mit den anderen?"

„Anja. Sind hier Panther?" sagte er schnell, zeigte in einen Fichtenwald.

„Panther leben nur in warmen Ländern, in tropischen Urwäldern, soviel ich weiß in Südamerika. Hast du schon mal einen gesehen?"

„So groß sind die!" Er zeigte mit der Hand die Schulterhöhe eines Panthers. „Und Löwen *so* groß!" Bei den Zoobesuchen schien Matthias sich nur für wehrhafte Raubtiere interessiert zu haben, sprach unentwegt von Löwen, Tigern, Panthern, Leoparden, Geparden, Krokodilen. Er sprach von ihnen, als seien es seine Freunde oder doch mögliche Freunde ... er schilderte ihre Gefährlichkeit, die aber nur für andere galt, nicht für ihn, er schien gar nicht in Erwägung zu ziehen, daß solche Raubtiere auch ihm etwas tun konnten. Für sein Alter hatte er einen ungewöhnlich großen Wortschatz. „Und hier könnten Geister drin sein - !" sagte er, als sie an einer Nadelwaldschonung vorbeikamen. Er sagte es beiläufig, ohne Ängstlichkeit zu zeigen.

„Glaub ich nicht - . Wir können ja mal hindurchgehen, ob wir welche sehen", erwiderte Marianne, bog vom Weg ab. Und sofort wurde Matthias weinerlich. Als ob jemand mit einem rauhen Tuch drübergewischt hätte, war mit einem Schlag sein Gesicht völlig verändert. „Entschuldige" , sagte Marianne erschrocken, „wenn du da nicht hinein möchtest, gehen wir nicht! Wir tun nur das, was du willst!"

Matthias beruhigte sich, erreichte aber nicht wieder die Lockerheit, welche er beim Sprechen über Raubtiere gehabt hatte. Als sie im Eichenhof angelangt waren, seine Mutter ihm das Regenzeug auszog, hatte er wieder die starre, abweisende Maske. Er erzählte nur unwillig von dem Spaziergang, die Mutter mußte jedes Wort einzeln aus ihm herausholen, Marianne, die danebenstand, übersah er, als sei sie ihm unbekannt.

Die Kinder und Eltern waren abgereist, das anschließende Auswertungsgespräch beendet. „Und was machst du jetzt?" fragte Marianne Ulrich, als sie durch die Vorhalle gingen.

„Ich fahre nach Haus, bin müde. Und du?"

„Weiß nicht ... glaube, ich habe Angst davor, euch abfahren zu sehen und gleich wieder allein zu sein."

„Das geht vielen so."

„Irgendwie möchte ich noch mit jemandem sprechen."

„Mit mir?" fragte Ulrich.

„Hm - ."

„Dann komm. Laß uns nach draußen gehen." Sie gingen den gleichen Weg, den Marianne morgens mit Matthias gegangen war. Sobald sie im Wald waren, legte Ulrich seinen Arm um ihre Hüfte, sie tat das gleiche bei ihm. Der Regen hatte aufgehört. Nur wenn ein Windstoß durch die Bäume fuhr, fielen noch einzelne dicke Tropfen.

„Und was wolltest du mir sagen?"

Marianne überlegte. „Ich weiß nicht - ", sagte sie dann lächelnd.

„Auch gut."

Sie gingen den Waldweg hinunter. Marianne fühlte sich sehr ruhig und entspannt. „Schön, so eng beieinander zu gehen", sagte sie.

„H-hm", brummte Ulrich.

„Weißt du, daß du mir gestern ganz schön die Beine weggezogen hast -? In der Diele ... als du mich anfaßtest und ich den Bauch einzog."

„Wieso?"

„Muß ich noch drüber nachdenken ... hat mich unglaublich

schockiert, meine eigene Reaktion - . Aber jetzt mag ich es, angefaßt zu werden. Glaube, schon als kleines Mädchen habe ich mir gewünscht, so mit einem Mann spazieren zu gehen. Infantile Sexualität - ."

„Du solltest deine Gefühle nicht immer analysieren wollen, nimm sie einfach hin."

„Meinst du?"

„Ja."

„Schwer ... das Hirn macht immer klick-klick." Dann sagte sie schnell: „Jetzt weiß ich auch, über was ich sprechen wollte: den kleinen Matthias. Der hatte angefangen, um sich zu kämpfen ... dreieinhalb Jahre alt und hatte schon angefangen, um sich zu kämpfen. Verstehst du das?"

„Ja", sagte Ulrich, doch sie hatte nicht das Gefühl, daß er es verstand.

Sie kehrten zum Eichenhof zurück, Ulrich holte seine Tasche aus dem Zimmer, um nach Hause zu fahren. „Sehen wir uns mal wieder?" sagte er.

„Wahrscheinlich, ich arbeite ja hier."

„Mach's gut - !"

„Du auch."

Am nächsten Tag ging Marianne in ein Teppichgeschäft, in dem sie vor Wochen das sehr große Poster eines Schäferhundes als Schaufensterdekoration gesehen hatte, fragte, ob das Bild zu verkaufen sei. Der Herr im Laden war etwas verwundert und amüsiert, ging nach hinten, holte es. Er wollte kein Geld, schenkte es ihr.

>>Lieber Matthias<<, schrieb sie, >>vielleicht erinnerst du Dich noch: ich bin die Frau, die mit Dir am Sonntag im Wald spazieren gegangen ist. Das schöne Bild des Schäferhundes sah ich heute zufällig in einem Geschäft, und da Du Schäferhunde so gerne magst, dachte ich mir, ich könnte Dir damit eine Freude machen. Wenn Du den Hund in Deinem Zimmer aufhängst, wird er Dich immer bewachen. Und er wird

auch auf Deine Mama aufpassen, so daß Du ruhig in den Kindergarten gehen kannst.

Heute bin ich noch einmal durch die Schonung gegangen, in der Du Geister vermutetest. Ich habe keinen einzigen gesehen - ich glaube, es gibt gar keine Geister.<<

Einige Tage später erinnerte sich Marianne, daß sie Seele eine schriftliche Ausarbeitung angekündigt hatte, in welcher sie die Schwierigkeiten im Eichenhof auf ein Grundproblem zurückführen wollte. Sie erinnerte sich, das versprochen zu haben, doch wußte sie nicht mehr, was sie hatte schreiben wollen. Sie versuchte, das Tage zuvor Gedachte zu rekonstruieren, indem sie den Durchschlag ihres Briefes an Tender noch einmal las. Es brachte sie aber nicht weiter, und selbst der eigene Brief war ihr in der kurzen Zeit schon fremd geworden. Es schien ihr nicht recht glaubhaft, daß sie ihn geschrieben hatte. Schließlich nahm sie sich vor, die geplante Ausarbeitung nicht mehr zu machen, hoffte, daß Seele sie vergessen habe.

Doch der hatte sie nicht vergessen, fragte eines Morgens, wann sie endlich damit komme. Marianne erwiderte, sie sei noch nicht so weit, grübelte abends noch einmal darüber nach, was sie eigentlich hatte schreiben wollen. Sie erinnerte sich aber nur an das, was sie auf der Elterntagung am Wochenende erlebt hatte. Wie seit Tagen redete sie wieder mit den Kindern, mit Matthias vor allem, mit Ulrich. Sie hatte das Bedürfnis, Menschen anzufassen und von ihnen angefaßt zu werden. Sie umschloß ihren Unterarm, wie Ulrich es getan hatte, doch die Hand war ihre eigene Hand, und sie kam sich selbst komisch vor. Am nächsten Morgen, als sie dabei war, einen Brief zu schreiben, erinnerte sie sich plötzlich an einen Satz, den sie einmal gehört, gelesen hatte. Der Satz überdeckte das Diktat, welches aus dem Kopfhörer klang, schob sich in den Vordergrund, nahm allen Raum ein: *Von der Freiheit eines Christenmenschen*. Marianne versuchte zu ergründen, warum sie ausgerechnet jetzt auf Luther gekommen war. Sie war katholisch, glaubte seit langem nicht mehr ans Christentum, noch an dessen angebliche Freiheit, hatte auch - soweit sie sich erinnerte - an diesem Morgen nichts über Luther im Radio gehört.

Von der Freiheit eines Christenmenschen ... irgendwie ein schöner Satz, er gefiel ihr - . War es das Wörtchen Freiheit oder der Satzbau? Dieses *Von*, in der deutschen Sprache ungewöhnlich: der Satz wurde dadurch geöffnet, bekam etwas Grenzenloses. War wohl eine Übersetzung aus dem Lateinischen. Das lateinisch *de* - de libertas oder libertate, so ähnlich. Hatte Luther lateinisch geschrieben? Wahrscheinlich, war ja Theologe. „Von der Freiheit eines Christenmenschen - ", sagte sie laut. „Werde erst mal Kaffeetrinken ... das ist meine Freiheit." Sie ging nach unten, obwohl bis zur Frühstückspause noch zwanzig Minuten Zeit war.

Von der Freiheit eines Christenmenschen ... klang gut - . Sie stand mit dem Rücken an den Aktenschrank gelehnt, schaute durchs Fenster auf den Nachbargarten. In einer Stunde war Feierabend. Sie stand sehr gerade, doch entspannt und locker, wie es selten der Fall war. Manchmal, wenn sie ein bestimmtes Beatstück aus dem Radio hörte oder Lieder der Joan Baez, stand sie genau so. Sie war völlig ruhig, spürte den Rhythmus ihres Blutkreislaufes oder hörte ihn sogar, ohne den Puls anzufassen. „Von der Freiheit - ", sagte sie laut vor sich hin, und auf einmal wußte sie wieder, worüber sie hatte schreiben wollen: daß Pädagogik auf der Annahme eines freien Willens beruht.

Sie setzte sich an die Schreibmaschine, begann: >>Lieber Herr Seele!<< Eine lange Pause, in der sie bewegungslos saß, die Wand anstarrte - dann:

>>Inzwischen ist mir wieder eingefallen, was ich Ihnen hatte schreiben wollen, um einmal den wahrscheinlichen Grund für die ständigen Spannungen zwischen dem Team und

Ihnen herauszuarbeiten. Vielleicht ist es aber auch nur ein möglicher Grund oder meine Überlegungen sind völlig haltlos.

Das Hauptproblem des Hauses ist meines Erachtens, daß noch nicht fertiggebracht worden ist, ein klares Bild vom Menschen zu geben: zu sagen, *wie* wir den Menschen sehen. Die Leute, die mit uns zu tun haben, sind auf Interpretationen vager Paperstellen angewiesen - und zwar hauptsächlich Ihrer Papers! Von Ihnen sind in den letzten Jahren immer nur Aussagen über die Wichtigkeit der frühkindlichen Prägung und Sozialisation gemacht worden, und zwar so einseitig - ich möchte sogar behaupten: falsch -, daß sie mit der Wucht einer antiken Tragödie daherkamen: Daß des Menschen Wille nichts vermag gegen die Götter (also muß man die Götter ändern...). Dadurch ist indirekt ein bestimmtes Bild vom Menschen geschaffen worden: nämlich daß der Mensch im Kern in unfreies Wesen ist. Ein solches Bild vom Menschen ist für einen Tragödiendichter möglich, jedoch nicht für einen Pädagogen.

Wenn die (kindliche) Sozialisation - der Prozeß der Entstehung von Verhaltensnormen - allein durch Einflüsse von außen geschaffen würde und wirklich diese schwere Bedeutung hätte, wie von einigen Leuten behauptet wird, so daß eine freie Entscheidungsmöglichkeit des Menschen geleugnet werden muß, dann unterliegt auch die ganze Arbeit des Pädagogen seiner eigenen Sozialisation - er wird also ‚von ferne' gesteuert. In diesem Fall schafft Sozialisation Sozialisation: und damit haben wir eine Prädestination. In einer Prädestination ist aber Veränderung nicht möglich, höchstens noch Entwicklung: als Gottes Wille, als biologische oder historische Evolution oder meinetwegen auch als ‚Genosse Trend'. Pädagogen, Politiker treten jedoch an mit der Absicht zu verändern, zu verbessern, - mit einem Bild vom Menschen, das seine fremdbestimmte Sozialisation als Wichtigstes in den Raum stellt, bewiesen sie sich gleichzeitig, daß sie nichts verändern können. - Zur Pädagogik gehört, daß man dem Menschen eine freie Entscheidungsmöglichkeit, einen freien Willen - wie klein auch immer er sein mag - einräumt, sonst ist Pädagogik unmöglich.

‚Freier Wille‘ und ‚Freiheit der Entscheidung‘ hat wenig oder nichts mit dem Gerede von ‚freier Marktwirtschaft‘ und ähnlichem zu tun. Es sind uralte Probleme, über die Menschen schon seit Jahrtausenden nachgedacht und manchmal sich auch die Köpfe eingeschlagen haben (ausgehendes Mittelalter, Reformationszeit). Die Menschen der Antike glaubten, gegen die Macht und Willkür der Götter im Grunde nichts ausrichten zu können, - doch der Mensch hatte einen Willen und Stolz, aus denen heraus er handeln konnte und vor allem mußte, auch wenn dieses Handeln zum Untergang führte! Und auch der Marxismus beruht wohl extrem auf der Möglichkeit einer freien Entscheidung des Menschen - er versucht das Gottes Gnadentum, das ‚edle Blut‘, die Vererbung abzuschaffen oder auf den Raum zu beschränken, der ihnen gebührt.

Die Entdeckung, daß der Mensch nicht nur durch ‚stoffgebundene‘ Vererbung geformt wird, sondern ganz entscheidend auch durch die Einflüsse der Umwelt, erweitert ungemein die ‚Freiheit‘ des Menschen. Diese Freiheit steckt oder steckte ursprünglich auch in dem Begriff der ‚Sozialisation‘, denn dieses Phänomen geschieht nicht durch den Einfluß von *außen*, sondern durch die Reaktion von *innen*. ‚Sozialisation‘ darzustellen als das, was von außen veranlaßt wird, scheint mir falsch zu sein; ‚Sozialisation‘ ist die *eigene Leistung* eines Individuums (man kann das durch die neuesten Ergebnisse der Biologie beweisen: das, was ein Mensch lernt, die Daten seiner Erfahrung, werden in Form von chemischen Substanzen im Gehirn gelagert. ‚Eigene Leistung‘ heißt aber noch nicht, daß sie bewußt und willentlich geschieht). Man kann nicht hundertprozentig voraussagen, welche Folgen bestimmte Einflüsse auf einen Menschen haben werden - man kann es höchstens mit Hilfe der Wahrscheinlichkeitsrechnung als Durchschnittsergebnis bei einer sehr großen Anzahl Menschen. Aus einer Kadettenanstalt - einem gezielten ‚Sozialisationsfeld' - werden mit hoher Wahrscheinlichkeit ein bestimmter Prozentsatz guter Soldaten hervorgehen, aber auch eine Menge ‚normaler' Menschen mit anderen Berufen und ab und zu sogar ein Lyriker! Das ist die ‚Freiheit' des Lebendigen und - ich bin versucht zu sagen - die Ironie oder vielleicht sogar der Humor der Natur. Und vor allem steckt darin Hoffnung.

Tatsache scheint mir nun zu sein, daß etliche autoritäre Gehirne bei den Ergebnissen der Sozialisationsforschung angefangen haben zu klicken: phantastisch - mit diesen Ergebnissen müßte man Menschen voll und ganz durchprogrammieren können! Aus ihrer Charakterveranlagung heraus haben sie die Forschungsergebnisse höchst einseitig ausgelegt: sie sehen nur den Einfluß von außen und verdrängen ganz, daß das Entscheidende bei der Sozialisation die *Reaktion* des Individuums ist (auf die Einflüsse von außen). Früher war es das edle eigene Blut, das einige Garantie für die Güte des Nachwuchses gab - (wenn nicht die Frau mit einer üblen Blutlinie alles durchkreuzte...) -, doch die wissenschaftlichen Erkenntnisse, daß Erbfaktoren nicht alles sind, hatten ein richtig frustrierendes Vakuum geschaffen. Die Sozialisationsforschung machte dann alles wieder gut: endlich scheint es möglich, Menschen nach dem *eigenen Bild* zu machen! Und nicht nur die eigenen Kinder, sondern auch fremde - wenn man Macht hat. In Zukunft kein schwarzes Schaf mehr in der Familie, keine unruhige Jugend mehr, nur noch Menschen, die richtig schön gehorchen und die eigenen Machtpositionen unangetastet lassen.

Manchmal stelle ich mir vor, wie ein so aufgeklärter Erziehungsberechtigter - sehr oft ein von seinem Berufsalltag frustrierter Pädagoge, der seinem Wissen wenigstens bei den eigenen Kindern zum Durchbruch verhelfen möchte - jahrelang an dem Automat Erziehung herumhantiert, die richtigen Geldstücke einwirft, die richtigen Knöpfchen drückt. Ich stelle mir vor, wie er schließlich voll freudiger Erregung das Warenfach aufreißt ... und dann sein Gesicht, wenn anstatt des erwarteten Schokoladenjungen nur ein ausgetrockneter Stutenkerl mit abgebrochenem Arm drinliegt.

Sozialisation ist die *Reaktion* auf die Einflüsse der Umwelt - es ist eigene Leistung des Individuums. Gott sei Dank! Und wir sollten nicht meinen, daß das Wissen um die Beeinflußbarkeit von Lebewesen, besonders in den ersten Jahren, etwas ganz Neues ist - es ist ein uralter Erfahrungsschatz des Menschen. Nicht zufällig hat das Christentum die *Kinder*taufe eingeführt, und die Hirten nahmen ihre Hunde immer schon als ganz junge Tiere in die Lehre und ‚Was Hänschen nicht lernt, lernt Hans nimmermehr'. Nur das Wort ‚Sozialisation' gab es damals noch nicht, und dann wußten die Leute wohl auch, daß die Ergebnisse der versuchten Einflußnahme einen sehr großen Unsicherheitsfaktor hatten.

Jedes Lebewesen ist während seines Heranwachsens und auch später noch der Sozialisation ‚unterworfen', da es in sozialen Verbänden lebt, - ob man das will oder nicht, ob man das versucht zu steuern oder nicht. Zum Sein eines Menschen gehört seine eigene Sozialisation, und sie hat wahrscheinlich so viele verschiedene Ausformungen, wie es Fingerabdrücke gibt. Doch der Mensch schafft sich ganz entscheidend seine Sozialisation selbst durch seine Fähigkeit zu denken: mit Hilfe seines Denkens verarbeitet er die äußeren Einflüsse zu Sozialisation. - Dieses Denken hat zuerst wenig mit rationalem Denken zu tun, es ist wohl mehr Emotion, Gefühl, Irrationalität - doch das nach und nach gelernte rationale Denken (in Zusammenhang mit Handeln, Einüben) gibt ihm die Chance, seine Sozialisation ständig zu erweitern, zu verändern. Erst die Leistung, seine Sozialisation verändern zu können, macht den Menschen zum Menschen. Vielleicht sollte man deshalb besser unterscheiden zwischen Fremd- und Eigensozialisation. Und wahrscheinlich wissen die Menschen schon seit langem von der ganz verschiedenen Zusammensetzung der ‚Sozialisation': warum sonst haben sie immer unterschieden zwischen Erziehung und Bildung?! ‚Erziehung' ist der Versuch, von außen gezielt Einfluß zu nehmen auf die Sozialisation; ‚Bildung' ist die Fähigkeit, diese Beeinflussung von außen zu verändern.

Nun scheint es so, daß etliche Leute das Denken der Menschen durch ‚richtige', von außen gesteuerte, Sozialisation ersetzen möchten. Die augenblickliche Pädagogikwelle scheint mir zum größten Teil von dieser Absicht, wenn man sich da auch selbst etwas vormacht, getragen zu sein (wer als junger oder alter Linker vor einigen Jahren politisch scheiterte, hat sich auf die Pädagogik gestürzt - Kinder können sich ja nur schwer wehren). Dieses Unterfangen kann man als in hohem Maße autoritär bezeichnen - eine Definition für ‚autoritär': der Versuch, andere in Abhängigkeit zu halten -, und es ist das menschenfeindlichste, das es gibt. Es ist nicht neu, bekanntlich wurde es immer schon, von altersher, versucht: die, welche die Macht hatten, haben sich immer sehr um die Erziehung gekümmert (heute sprich ‚Sozialisation', im landläufigen Sinn) und wenig, d.h. für nur sehr wenige, um die Bildung.

Um zum Ausgangspunkt zurückzukommen: ohne die Annahme einer *freien Entscheidungsmöglichkeit* des Menschen ist meiner Ansicht nach Pädagogik nicht möglich. Ich bin mir bewußt, daß das Ausmaß dieser Freiheit der Entscheidung von der fremdbestimmten Sozialisation abhängt - doch nicht nur. Ein Pädagoge muß davon ausgehen, daß es im Menschen etwas gibt, das stärker ist als seine Sozialisation oder sein

Sozialisationsdefizit (je nach Definition), sonst ist seine Arbeit unmöglich. Die fremdbestimmte Sozialisation eines Menschen ist das, aus dem er etwas machen muß! Von S a r - tre gibt es einen Satz, der etwa so lautet: ‚Wir müssen versuchen, aus dem etwas zu machen, was andere aus uns gemacht haben'. Es leben Milliarden von Menschen aller Al - tersstufen, und man kann diese Generationen nicht einfach wegschmeißen in der Utopie, durch eine gezielte Einflußnah- me auf die Sozialisation der neu heranwachsenden Säuglinge, Kleinkinder usw. optimale Menschen zu ‚züchten'. Wie sollte das vor sich gehen? Um optimale und gleiche Bedingungen für jeden zu schaffen, müßte man die Kinder gleich nach der Geburt ihren Eltern wegnehmen und in irgendwelchen An- stalten aufziehen, bei völliger, einheitlicher Ritualisierung der Bewegungen, des Sprechens etc. der Betreuungsperso- nen (am besten nähme man als Betreuungspersonen also Ma- schinen). Und wer erarbeitet überhaupt die Kriterien für eine optimale Sozialisation?!

Genug der grausigen Phantasie. Es ist wohl klar gewor- den, daß in dem Begriff der ‚Sozialisation', falsch verstan- den als etwas, das von außen fremdbestimmt wird, *Konse- quenzen* stecken, die so menschenfeindlich sind, wie es schlimmer nicht denkbar ist. Jeder auch nur halbwegs gute Pädagoge sieht sich deshalb durch ständiges Gerede von der ‚Sozialisation' bedroht. Ich vermute, daß das auch in unse- rem Haus der Fall ist: das Team fühlt sich durch Ihr ständi- ges Hinweisen auf die frühkindliche Prägung und Sozialisati- on bedroht - zu Recht.

Seine fremdbestimmte Sozialisation ist das, aus der der Mensch etwas machen muß und vor allem kann, da er das in sich hat, was stärker ist als jede Sozialisation: die Freiheit der Entscheidung. Und der Pädagoge hilft ihm dabei, daß er aus seiner fremdbestimmten Sozialisation etwas macht. Ein anderer Weg ist meines Erachtens für einen Pädagogen nicht möglich.<<

Es war fast zehn Uhr geworden, aus der Diele klangen Lachen, Musikrhythmen herauf. Gegen Ende des Briefes war es Marianne sehr schwer gefallen, sich zu konzentrieren und Sätze zu formulieren. Andauernd hatte sie sich vertippt, Wörter und ganze Zeilen durch Darüberschreiben geändert. Ihre Bluse war schweißnaß, der Kopf glühte wie im Fieber, zwischen einzelnen Sätzen hatte sie die Stirn oft minutenlang auf das kühle Metall der Schreibmaschine gelegt. Sie hatte Magenschmerzen, ihr war schlecht. Marianne legte den Brief in Seeles Fach und ging wie in Trance aus dem Büro. Auf der Treppe blieb sie stehen, ging dann langsam zurück, nahm den Brief wieder aus dem Fach und verschloß ihn in ihrer Schreibtischschublade.

Auf dem Waldweg, der am Eichenhof begann, neben der Straße zur Stadt hinunterführte, wurde ihr schwindelig. Die entfernte Straßenlaterne, die sie zwischen den Stämmen und Ästen sah, wurde rhythmisch groß, klein, als werde ständig ihre Größe von einem Pulsschlag verändert. Marianne faßte fest einen Baum und erbrach sich.

.   .

.

Marianne hatte vorgehabt, den Brief am nächsten Morgen noch einmal kritisch zu lesen. Sie spürte jedoch Widerwillen, mit ihren eigenen Gedanken konfrontiert zu werden, fühlte sich erschöpft, ausgeleert. Mehrmals an diesem Tag zog sie den Brief aus der Schublade, versuchte, die ersten Zeilen zu lesen. Sie las Wort für Wort, sehr langsam. Sie kannte die Wörter, jedes von ihnen teilte etwas mit, doch sie verstand nicht den Sinn, der sich aus den Aneinanderreihungen ergab, sie begriff nicht, was sie hatte sagen wollen. Hatte *sie* den Brief geschrieben? Oder wer sonst - ?

Sie wußte, sie würde den Brief zerreißen, wenn sie ihn über die Einleitungszeilen hinaus las, ihre Leere steigerte sich zum Deprimiertsein. Was sollte das - ? Sie konnte in diesem Haus nichts ändern, außerdem war es nicht ihre Aufgabe. Sie gehörte nicht zum pädagogischen Personal, war Sekretärin: ein Handlanger. Sie hatte keine wirklichen Entscheidungen zu fällen, brauchte also auch keine Verantwortung zu übernehmen, und während ihre Resignation sich immer mehr ausbreitete, bekam sie das Bedürfnis, ihren Brief vor sich selbst zu schützen. Plötzlich schloß sie die Schublade, in der er lag, ab, ging hinunter in den Bürotrakt, ließ den Schlüssel im Zimmer einer Kollegin auf der Fensterbank liegen. Erst kurz vor Feierabend holte sie ihn, nahm den Brief aus dem Schreibtisch und legte das Original Seele ungelesen ins Fach. Einen Durchschlag leitete sie an Stachowiak weiter mit der Bitte - wenn Interesse, zeitlich möglich -, ihn zu lesen und ihr zu sagen, wo sie in der Argumentation falsch liege. Die zweite Durchschrift nahm sie mit nach Hause.

Doch auch in ihrem eigenen Zimmer fühlte sich Marianne nicht in der Lage, den Brief zu lesen. Sie dachte den ganzen Abend über die im Schreiben angeschnittenen Probleme nach, versuchte sich zu erinnern, was sie am Vortage genau geschrieben hatte, verfeinerte immer mehr ihre Beweisführung beim Nachdenken ... sie las ihren Brief nicht, war nun aber überzeugt, einen guten Brief geschrieben zu haben, ging am nächsten Tag voll Erwartung zur Arbeit. Sie fieberte im Büro dem Auftauchen von Seele entgegen. Er kam, war von einer Freundlichkeit, die Gleichgültiges hatte - erwähnte ihren Brief mit keinem Wort.

Diese Nichtbeachtung stürzte Marianne wieder in tiefe Depression. War sie ihm so gleichgültig, daß er sich nicht einmal die Mühe machte zu lesen, was sie unter Anstrengungen geschrieben hatte - ? Sonst las er jeden Mist ... selbst hektografierte Blätter der wildesten Vertriebenenverbände, in der Hoffnung, irgendetwas Brauchbares zu entdecken.

Stachowiak war auswärts auf einem Lehrgang - von ihm war so bald auch kein Echo zu erwarten. In ihrer Verzweiflung hatte Marianne plötzlich das Bedürfnis, den Brief zu lesen, da sie aber den letzten Durchschlag mit nach Hause genommen hatte, war das nicht möglich. Sie überlegte, ob sie sich von einer Kollegin, die einen Wagen hatte, nach Hause fahren lassen sollte, dann fiel ihr ein, daß der Durchschlag an Stachowiak noch in dessen Fach liegen mußte, da der verreist war. Sie rannte nach unten, um den Brief zu holen. Auf dem langen Glasgang begegnete sie Seele. Er lächelte ihr zu, doch sie hatte das Gefühl, daß er sie dabei nicht ansah. Ihre Augen waren sich nicht begegnet: er hatte einen Punkt oberhalb ihrer Augenbrauen fixiert. Und auf einmal wußte Marianne, daß Seele den Brief gelesen hatte. Er ahnte, daß sie voller Aufregung auf ein Echo wartete, und versuchte, sie zu bestrafen, indem er das Schreiben nicht erwähnte - .

Es war nicht mehr nötig, an Stachowiaks Fach zu gehen, sie wußte nun, daß Seele den Brief gelesen hatte. Und er war verunsichert. Wäre er es nicht, sondern einfach nur sauer, hätte er seinem Unmut sofort Luft gemacht ... ihre formulierten Überlegungen hatten Qualität, waren nicht einfach vom Tisch zu wischen!

Noch vor Sekunden, war sie tief deprimiert gewesen jetzt spürte sie ein Glücksgefühl. Sie ging quer über den Rasen, der vom Frühlingsregen weich war, so daß die Absätze tief einsanken, und brach von einem Forsythienbusch blühende Zweige ab. Der Alte muß sich mit mir auseinandersetzen - , dachte sie, als sie ins Büro zurückkehrte.

Abends aß sie in Ruhe, plauderte entspannt mit ihrer Mutter. Sie hörte sich selbst mit ihrer Mutter belangloses Zeug sprechen, während die Gedanken schon auf anderes gerichtet waren. Sie ging aufs Zimmer, laß den Brief sehr langsam, aufmerksam durch, und fand ihn gut. Denkfehler konnte sie nicht entdecken. Sogar die Sprache, der Satzbau schienen gelungen. Es war zwar viel, besonders auf den letzten Seiten, korrigiert worden, aber immer zum Exakteren hin: ihre Kontrollorgane hatten bis zum Schluß funktioniert. Da ihr inzwischen weitere Gesichtspunkte zu den angeschnittenen Problemen gekommen waren, setzte sie sich gleich, um den Brief fortzusetzen.

>>Inzwischen sind mir weitere Überlegungen zum Problem Sozialisation gekommen<<, schrieb sie, >>irgendwie arbeitet mein Gehirn noch immer, und ich kann es nicht abstellen.

,Sozialisation ist der Prozeß, in dem ein Mensch im Laufe seiner Entwicklung die Verhaltensweisen übernimmt, die in seiner Kultur als richtig gelten!' - so etwa beschreiben die Handbücher in Kurzform das Phänomen Sozialisation. Es wird bei den Definitionen immer Bezug genommen auf die jeweilige Kultur - zu Recht, da eine solche wissenschaftliche Definition auch für Menschen aus anderen Kulturkreisen gelten muß, z.B. für einen Buschmann.

Nur scheint mir, daß genau in diesem Punkt ein Denkfehler steckt: auch in eng umgrenzten sozialen Gemeinschaften, Gesellschaften, gibt es keine *einheitliche* Verhaltenskultur, als daß man von *der* Kultur sprechen könnte. So wenig wie es *die* deutsche Sprache z.B. gibt - die Hochsprache ist eine künstlich erstellte Form, Nivellierung von Sprache -, gibt es *die* deutsche 'Kultur', sprich Verhaltensweisen, die überall, in jeder Gruppe, etwa Familie, gleich viel gilt. *Die* Verhaltenskultur ist (wenn das Wort auch abgegriffen ist) ein

71

Herrschaftsinstrument, das eine bestimmte gesellschaftliche Schicht (bei uns wohl das gehobene Bürgertum) anderen Schichten aufzudrücken versucht. Da mit der Definition der ‚Sozialisation‘ untrennbar die ‚Kultur‘ gekoppelt ist, scheint mir auch der Begriff ‚Sozialisation‘ (gebraucht im landläufigen Sinn) ein Herrschaftsbegriff zu sein. Bezeichnenderweise wird ja von Sozialisations*defiziten* gesprochen, wenn ein Mensch sich nicht so verhält, wie es (z.b. von der Schule, den Leuten die die Macht haben) für richtig erachtet wird. Das Wort Sozialisation könnte die wertfreie Beschreibung eines Prozesses sein, doch in ‚Defizit‘ ist eine Bewertung - und die Kriterien für diese Bewertung sind in Vorstellungen einer ganz bestimmten Gesellschaftsschicht zu finden.

Für die Sozialisation eines heranwachsenden Kindes ist nicht *die* Verhaltenskultur, z.B. der deutschen Gesellschaft entscheidend, die ja irgendein arithmetisches Mittel wäre, sondern die spezielle Kultur der Familie, erst einmal, in der es aufwächst. Diese spezifische Verhaltenskultur kann natürlich im Laufe der Jahre mit anderen, geforderten Verhaltenskulturen (z.B. in der Schule) in Konflikt geraten - und genau dann treten Probleme auf. Da jeder Mensch zuerst die spezifischen Verhaltensweisen seiner engsten Umgebung übernimmt, hat *jeder* eine Sozialisation mitbekommen. Auch der Asoziale ist sozialisiert worden und der Kriminelle (er ist wahrscheinlich durch eine spezifische Form von Sozialisation kriminell geworden). - Meines Erachtens sollte man es aufgeben, von Sozialisations*defiziten* zu sprechen - darin liegt Bewertung, darin liegt Herrschaft, und so verstanden könnte ‚Sozialisation‘ aus dem ‚Wörterbuch des Unmenschen‘ stammen. Allein hilfreich ist die wertfreie Betrachtung des Phänomens Sozialisation - von einer solchen Ausgangslage könnte man vielleicht zur Veränderung, zur Verbesserung kommen.

Ein heranwachsendes Kind übernimmt zuerst die Verhaltensweisen seiner engsten Umgebung - das ist die ‚Fremd-Sozialisation‘, wie ich das in meinem letzten Brief genannt habe, die jeder Mensch erfährt (die aber auch schon eigene Leistung ist, da das Kind auf dem Wege der Nachahmung *übernimmt*). Im Laufe der Entwicklung kommt nun die ‚Selbst-Sozialisation‘ hinzu oder sollte hinzukommen, in der die übernommenen Verhaltensweisen reflektiert und verändert werden. Dies ist die große Leistung, deren nur der Mensch mit Hilfe seines Denkvermögens fähig ist und die allein ihn zum Menschen macht. Noch einmal: keine noch so positiv verlaufene Fremd-Sozialisation kann das Denken ersetzen! Eine Fremd-Sozialisation, die z.B. ‚demokratisches Verhalten‘ perfekt einschleift und später nie reflektiert wird, ist genauso schlecht wie eine Sozialisation, die ewa autoritäres Verhalten hat entstehen lassen.

Zum Schluß möchte ich noch auf einen Widerspruch hinweisen, der meines Erachtens in unserem Arbeitsansatz oder genauer in der Darstellung des pädagogischen Ansatzes steckt:

Als Begründung für die Notwendigkeit und Wichtigkeit der Arbeit mit Eltern wird von uns immer die frühkindliche Sozialisation angegeben, in der entscheidende Weichen für das ganze spätere Leben gestellt werden. Wir wollen pädagogisch darauf einwirken, daß die Eltern ein besseres Erzieherverhalten bekommen, damit sie die Sozialisation ihrer Kinder positiv beeinflussen.

Nun ist es aber doch wohl so, daß falsches Erziehungsverhalten von Eltern nicht vom Himmel kommt, sondern in der eigenen Sozialisation dieser Eltern ihren Ursprung hat (die Mütter und Väter haben - im pädagogischen Sinn - negative Verhaltensweisen von ihren Eltern unreflektiert übernommen und geben sie nun an ihre Kinder weiter). Wenn wir jetzt durch das Gespräch, durch verbale Bewußtmachung, durch Trainings etc. eine Änderung des negativen Verhaltens in Gang setzen, dann verändern wir die Folgen von Sozialisation - und damit Sozialisation selbst. Wir haben also den Optimismus - meiner Ansicht nach zurecht -, mit einigen wohlgezielten Worten bei ausgewachsenen Menschen Sozialisation verändern zu können, damit sie die Sozialisation ihrer Kinder wiederum günstig beeinflussen. Und damit sagen wir uns und anderen, daß an unserem Gerede von der entscheidenden Wichtigkeit der frühkindlichen Sozialisation doch nicht allzuviel dran sein kann! Denn wenn wir die Sozialisation erwachsener Menschen verändern können, dann wird auch die im Entstehen begriffene Sozialisation von Kindern später laufend noch verändert werden können. - Es geht nur eins: Entweder kann man mit pädagogischen Maßnahmen Veränderungen erreichen, oder die Sozialisation ist etwas ganz Starres, Unwandelbares. Ich persönlich wäre für Veränderbarkeit - man muß sich da entscheiden.<<

.   .
.

Auch an den nächsten Tagen erwähnte Seele mit keinem Wort, daß er die Briefe gelesen, hatte sich hinter ein typisches Vorgesetztenverhalten zurückgezogen: freundlich, aber spürbar uninteressiert an der Person. Gehäuft forderte er von Marianne die Erledigung simpler Schreibarbeiten - wie das Anlegen von Adressenkarteien, Abschreiben banaler Zeitungsartikel -, wie um ihr deutlich zu machen, daß sie zur Ausführung angeordneter Aufträge da sei, nicht zum selbständigen Denken. Marianne amüsierte sein Verhalten, mit fröhlicher Heiterkeit erledigte sie, was sie sonst vielleicht als Zumutung empfunden hätte, und ihre Heiterkeit schien ihn noch mehr zu irritieren.

Am Montagvormittag traf sie Stachowiak auf dem Plattenweg zwischen Werkhaus, Bürotrakt. Er nahm ihre Hand, schüttelte sie so übertrieben lange und mit weiten Bewegungen, wie es Menschen tun, die sich sehr gut kennen. „Wie Sie so da stehen, kommen Sie mir ganz neu vor - . Glaube, ich hatte ein falsches Bild von Ihnen, die Frage ist sogar, ob ich überhaupt eins hatte."

Marianne lächelte, erwiderte nichts.

„Ihre Briefe waren nicht schlecht, haben mich richtig zum Nachdenken gezwungen. Wirklich nicht schlecht - ."

„Freut mich", sagte sie.

„Könnte sein, daß Ihnen gelungen ist, was sechs Dozenten in sechs Jahren nicht geschafft haben ... vielleicht auch: sich nicht getraut haben. Irgendwie überraschend, wenn es von einer Seite kommt, von der man es nicht erwartet hat. Haben Sie sich viel mit Pädagogik beschäftigt?"

„Kann man nicht sagen - . Ich habe natürlich immer Briefe zu pädagogischen Problemen geschrieben, manchmal Vorträge, die im Haus gehalten worden sind, vom Band abgetippt. Dabei mußte ich einiges in wissenschaftlichen Handbüchern nachschlagen, allein schon, um die Fachwörter richtig zu schreiben und um überhaupt Sinn in die Sätze zu kriegen. Es ist oft haarsträubend, was ausgewachsene Professoren an Gestottere von sich geben. Wenn man den Vortrag im Saal hört, fällt einem das nicht auf ... doch wenn man vor der Tonbandaufzeichnung hockt, stehen einem oft die Haare zu Berge."

„Also ist Denken ein Hobby von Ihnen - . Das einfache und doch so schwierige logische Denken."

„Vielleicht", sagte Marianne.

„Wir müssen uns mal ... was hat denn überhaupt Seele

gesagt?"

„Er schmollt. Er bestraft mich durch Nichtbeachtung: nicht der Person, sondern der Briefe. Tut so, als habe er sie noch nicht gelesen."

Stachowiak lachte. „Irgendwie verständlich. Sie haben ihm auch schön zugesetzt. Das mit den klickenden autoritären Gehirnen war schon hart."

„Damit habe ich doch nicht ihn gemeint! Wenigstens nicht nur - jeder von uns hat autoritäre Züge. Meinen Sie, er hat das auf sich bezogen?"

„Marjannchen ... Marjannchen - ", erwiderte Stachowiak in absichtlich überzogenem Ostpreußisch, „Sie scheinen naiv zu sein. Denken können und naiv sein - eine interessante Mischung. Wir müssen uns mal näher unterhalten, über die Briefe und auch sonst."

„Ja", sagte Marianne.

Gegen zwei Uhr nachmittags rief Seele an, eine ungewöhnliche Zeit, zu der er normalerweise nicht gestört werden wollte, auch von sich aus nicht in Erscheinung trat. Ob er um diese Stunde schlief oder mehr meditativ vor sich hindöste, hatte Marianne noch nicht in Erfahrung bringen können. Er erkundigte sich nach einer Anzahl von Dingen, redete so umständlich daher, daß sie den Eindruck bekam, er wolle eigentlich von anderem sprechen.

„Irgendwas wollte ich noch sagen - ", kam es dann auch bald.

Über meine Briefe wolltest du was sagen - ! dachte Marianne.

„Wissen Sie nicht, was wir noch zu besprechen hätten?"

„Mir fällt im Moment nichts ein", erwiderte sie.

„Ich erinnere mich nicht mehr. Na ja, Dinge, die man schnell vergißt, können ja auch nicht so wichtig sein - ."

„Vielleicht. Manchmal vergißt man aber gerade das Wichtige."

„Erledigen Sie erst mal, was ich Ihnen gesagt habe!"

Marianne grinste, sagte laut: „Gleich ruft er wieder an ... wetten?!"

Es dauerte keine zehn Sekunden, da klingelte das Telefon von neuem. „Jetzt ist mir wieder eingefallen, was ich noch hatte sagen wollen. Ihre Briefe habe ich inzwischen lesen können, mal kurz überflogen."

„Ja - ."

„Also ehrlich ... da kann ich nichts mit anfangen. Vielleicht bin ich zu dumm dazu."

Marianne sagte nichts.

„Haben Sie mich gehört, Hüserin?"

„Es muß nicht jeder etwas damit anfangen können", sagte Marianne freundlich, sie wunderte sich, wie locker sie sprach. „Ich hatte dazugeschrieben, daß ich mit meinen Überlegungen vielleicht nicht richtig liege. Herr Stachowiak fand sie zwar ganz gut - aber das muß nicht viel besagen."

„Stachowiak fand sie gut?

Sie bestätigte in einer Art, als sei es nicht der Erwähnung wert.

„Dann muß ich mich demnächst mal mit ihm unterhalten. Vielleicht kann *er* mir weiterhelfen - ."

Marianne hielt den Hörer lange noch in der Hand, nachdem Seele aufgelegt hatte. Sie war amüsiert und traurig. Seltsam, wie schnell Menschen in uns sterben können -, dachte sie. Sie hatte Seele gemocht, vielleicht hatte er ihr sogar mehr bedeutet, als es in einem unpersönlichen Dienstverhältnis sonst der Fall ist. Er war ein sehr großer, kräftig gebauter Mann, der Gewandtheit hatte und sicheres Auftreten ... konnte sein, er hatte ihrer Jungmädchenvorstellung vom Mann entsprochen, die man auch über die Backfischjahre hinaus mit sich herumschleppt. Und ihre Briefe hatte sie nicht aus Mißachtung, sondern aus Achtung geschrieben: weil sie gemeint hatte, es lohne sich eine Auseinandersetzung mit ihm. Seine infantilen Reaktionen nun hatten sein Bild - vielleicht das Standbild - zerbröseln lassen ... wie schnell so etwas gehen konnte - .

Eines Nachmittags in der folgenden Woche, als sie Briefe vom Tonband schrieb, stieß sie auf eine Aussage Seeles, die ihr höchst fragwürdig und gefährlich vorkam. Sie wollte sich nicht schon wieder mit ihrem Chef anlegen und zwang sich, ohne Mitdenken niederzuschreiben, was er diktiert hatte, sie verschrieb sich aber dauernd, die eingeschliffenen Reflexe, welche sonst die gesprochenen Wörter in Schriftsprache umsetzten, funktionierten nicht mehr. In ihr stieg eine maßlose Wut hoch. Seele behauptete in dem Brief an einen Ministerialdirigenten im Wissenschaftsministerium, von dem er staatliche Gelder bewilligt haben wollte für ein Projekt, Schule und Elternhaus müßten *gleiche* Erziehungsziele, -inhalte haben. Bei dem Projekt, das die Zusammenarbeit zwischen Schule und Elternhaus fördern sollte, ging es um Elternbildung, Elternmitsprache, Schulpflegschaftsgeschichten. „Das ist Blech", sagte Marianne laut, „und nicht nur Blech, sondern gefährlich!" Plötzlich wurde ihr bewußt, daß sie genau diese Forderung in ihrem Schreiben an Tender, welches sie Seele zur Kenntnis gegeben, hatte kommen sehen, und ihr war klar, warum sie so wütend reagierte. Das Diktierte war für sie eine direkte Beleidigung! Hinzukam, daß der Brief mit ‚Horrorgeschichten' garniert war, wie sie es nannte, mit Beispielen, die der Angstmache dienten: Hinweise auf die fürchterlichen Zustände in der Welt ... auf Flugzeugentführungen, Geiselmorde, bürgerkriegsähnliche Zustände bei uns, anderswo ... und vor allem immer wieder abschreckende Darstellungen der Unruhe in der Jugend. Diese Geschichten waren nichts neues, so lange sie für Seele geschrieben hatte, waren sie in seinen Briefen vorgekommen - stets durch die letzten Schreckensmeldungen aus den letzten Nachrichten auf den neuesten Stand gebracht -, doch seit einiger Zeit reagierte sie darauf allergisch. „Laß diese Scheiße andere schreiben - !" sagte sie gegen das Fenster, nachdem sie die bis dahin geschriebenen Zeilen noch einmal sorgfältig durchgelesen hatte. „Vielleicht gibt es Leute, die sich dabei nichts denken, wenn sie so etwas abtippen müssen."

Sie war sich aber noch nicht sicher genug, mußte ihre nächsten Schritte genau durchdenken, brauchte Zeitgewinn: Gründe um den Brief an diesem Tag nicht schreiben zu müssen. Seele hatte sich am Vortage beschwert, weil er nach Feierabend einen Brief gesucht, nicht gefunden hatte. Er war ärgerlich gewesen und hatte gefordert, daß die Ablage ständig in Ordnung zu halten sei. Für den Rest der Arbeitszeit die Ablage zu machen, war ein brauchbarer Grund, um den Brief nicht zu schreiben ... und sogar Seele selbst konnte als Schuldiger am Nichterreichen des Tagespensums hingestellt werden - . Marianne dachte sich schon mal genüßlich wirkungsvolle Erwiderungen aus, wenn er sie wegen des unfertigen letzten Briefes zur Rede stellen sollte, und begann mit der Ablage. Doch Seele hatte an diesem Tag wieder Zahnschmerzen, mußte später zum Zahnarzt, so daß überhaupt keine Post hinausging.

Gleich nach dem Abendessen setzte sich Marianne zu Hause an ihre private Schreibmaschine, schrieb Seele einen Vermerk:

>>Betr.: Forderung, daß Erziehungsziele und Erziehungsinhalte in Schule und Elternhaus gleich sein müssen.

In dem Brief an das Wissenschaftsministerium, Ministerialdirigent Dr. Boelcke, wird von Ihnen die Forderung gestellt, daß Erziehungsziele und -inhalte in Schule und Elternhaus übereinstimmen müßten. Diese Forderung habe ich schon in meinem Schreiben an Dr. Tender, das ich Ihnen zur Kenntnis gab, vorhergeahnt, sie scheint mir immer noch zweifelhaft und gefährlich zu sein.

Diese Forderung ist deshalb gefährlich, weil sie, konsequent zu Ende gedacht und ausgeführt, meines Erachtens *notwendig* zu einem totalitären gesellschaftlichen System führen muß. Einmal halte ich es nach jeglicher Lebenserfahrung für gänzlich ausgeschlossen, daß eine solche Forderung auf *freiwilliger* Basis erfüllt werden kann. Sollte das doch möglich sein - was ich absolut nicht glaube, wie gesagt -, dann würden die ‚gleichgeschalteten‘ Erziehungsziele und -inhalte als Folge davon, nach und nach, zu einem totalitären System führen.

Die von Ihnen gestellte Forderung läßt sich meines Erachtens nur mit Hilfe einer Ideologie durchsetzen. Nehmen wir noch einmal als Beispiel die Zehn Gebote, die ja - mit weltlichen Augen betrachtet - nichts anderes sind als eine Gebrauchsanweisung zur ‚richtigen‘ Erziehung von Menschen: sie in einer Gesellschaft zu allein gültigen Richtlinien (Erziehungszielen) erhoben, würden diese Gesellschaft notwendig totalitär machen! Dasselbe gilt für so ‚freie‘ Erziehungsziele wie Brüderlichkeit, Toleranz oder Emanzipation (zur wirklichen Emanzipation gehört, daß einem das Gerede von Emanzipation manchmal fragwürdig erscheint - das geschieht aber nur, wenn sie nicht zur allein selig machenden Doktrin erhoben worden ist!).

Ferner muß unbedingt die wechselseitige Asylfunktion von Schule und Elternhaus gesehen werden. Noch mancher ist gerettet worden, weil er vor einem fürchterlichen Elternhaus in die Schule fliehen konnte, - und umgekehrt. Wohin sollen die Kinder, wenn beide gleich verständnislos sind?! Daß beide immer gut und hervorragend sind, so keimfrei darf man sich Modelle ja wohl nicht denken.

Die Forderung, daß Erziehungsziele und -inhalte in Schule und Elternhaus übereinstimmen müssen, kommt meines Erachtens aus einem sehr einseitigen - und wie ich meine: falschen Verständnis von Sozialisation. Nur wer glaubt, Sozialisation werde allein durch Einflüsse von außen erzeugt und sei durch diese Einflüsse bestimmbar, der muß alles daransetzen, damit die Heranwachsenden sich dem konsequenten Einwirken der Erzieher nicht entziehen können. Er muß ihnen alle Fluchtwege abschneiden: Elternhaus und Schule dürfen nicht konkurrieren, sich nicht ergänzen, sondern müssen gleich sein!<<

Seele explodierte. Er tobte am Telefon, schrie sie an, was er ihr gegenüber noch nie getan hatte. Marianne bekam Angst, drückte die Telefongabel hinunter, als Seele wieder anrief, hatte sie sich gefaßt.

„Was bilden Sie sich eigentlich ein?!" schrie er.

„Moment ... ich lasse mich von Ihnen nicht anschreien. Sie haben das Recht, Ihren Unmut zu äußern - so wie ich meinen Unmut geäußert habe - ... doch bitte in einer zivileren Tonart!"

Zwei, drei Sekunden erwiderte Seele nichts, sie hörte, wie er tief ausatmete. „Was glauben Sie eigentlich, wer Sie sind - ?" fragte er dann so ruhig, daß es neugierig klang.

„Wer soll ich sein ... eine kleine Sekretärin."

„Sie spielen sich aber auf, ob ob Sie der Herrgott persönlich wären. Zumindest der für dieses Haus zuständige Landesoberverwaltungsrat der Jugendbehörde."

„Habe nicht den Eindruck ... ich habe nur versucht, ein bißchen mitzudenken."

„Das Denken sollten Sie den Pferden überlassen - die haben größere Köpfe", brauste er wieder auf.

„Dieser Spruch ist so alt, wie es den Kommiß gibt. Er ist auch heute noch - oder gerade heute - so dumm und falsch wie vor hundert Jahren."

„Sie sind meine Sekretärin, sie haben das auszuführen, was *ich* anordne. Sie haben sich nicht meinen Kopf zu zerbrechen. Ich habe genug um die Ohren - ich kann und werde mich nicht ständig mit meiner Sekretärin beraten, ob der Dame es so recht ist, was ich meine. Das werde ich nicht tun ... haben Sie verstanden? Sie können meinetwegen soviel denken, wie Sie wollen: aber bitte leise und für sich im stillen Kämmerchen. - Sie werden sich jetzt an die Schreibmaschine setzen und den Brief an das Ministerium so schreiben, wie ich ihn diktiert habe. Ist das klar?!"

„Klar schon, nur glaube ich nicht, daß ich das tun werde", sagte Marianne.

„Sie sind größenwahnsinnig - !" Er schrie wieder.

„Kaum. Ich habe Ihnen dargelegt, daß ich Ihre Forderungen betreffs Erziehungsziele und Erziehungsinhalte für sehr gefährlich halte. Und ich halte es für besonders gefährlich, wenn solche Gedanken einem Ministerium unterbreitet werden: den Leuten, die politische Macht haben. Diese Typen - egal, welcher Partei sie angehören - sind doch immer auf Rezepte aus, die versprechen, *Untertanen* zu schaffen. Wenn Sie meine Bedenken nicht teilen können, dann lassen Sie den Brief von jemand anderem schreiben, der sich nichts dabei denkt. Ich jedenfalls habe keine Lust dazu. Die bekomme ich erst wieder, wenn Sie mich rational überzeugt haben, daß meine Bedenken grundlos sind."

„Und Sie werden diesen Brief schreiben!"

„Das glaube ich nicht", sagte Marianne freundlich.

„Wenn der Brief bis morgenfrüh um neun Uhr nicht fertig ist, dann sind Sie entlassen! Verstanden?!" schrie Seele.

„Das wäre Ihre Entscheidung. Es wäre aber durchaus möglich, daß ich gegen eine solche Kündigung Einspruch erhebe, bei unserer vorgesetzten Dienststelle, vorm Arbeitsgericht."

„Da hätten Sie absolut keine Chance."

„Das weiß ich. Es wäre aber vielleicht interessant, unsere widersprüchlichen Auffassungen einem größeren Kreis von Zuhörern bekannt zu machen."

„Herrgott nochmal ... bis morgen um neun!" schrie Seele und legte auf.

Nach Feierabend ging Marianne zu Stachowiak ins Werkhaus, erzählte ihm von der Auseinandersetzung und dem Ultimatum. Noch jetzt, nach Stunden, war sie erregt, verspürte aber keine Angst.

„Ah, eine Jeanne d' Arc, die verbrannt werden möchte", sagte Stachowiak.

„*Ich* will nicht verbrannt werden!" erwiderte Marianne heftig. „Aber wenn Seele meint - ."

„Sind Sie sicher, daß Sie es nicht wollen?"

.   .

.

Marianne war aufgeregt. Andauernd schaute sie auf die Uhr, und je mehr die Zeit auf neun zuging, desto erregter wurde sie. Ihr Mund war trocken, sie schwitzte unter den Armen, in den Handflächen, versuchte, sich auf das Abschreiben eines Bandes zu konzentrieren, um nicht an das Bevorstehende denken zu müssen. Das Ultimatum war abgelaufen, ihr Aufgeregtsein schlug um in Angst mit allen körperlichen Symptomen der Angst. Sie starrte aufs Telefon. Zehn Minuten vergingen, ohne daß Seele angerufen hätte. Sie schob ihre Handflächen über die grüne Schreibunterlage aus Kunststoff, hinterließ deutliche Spuren von Feuchtigkeit. Sie ballte die Hände zu Fäusten, streckte wieder die Finger, und plötzlich erkannte sie, daß dieses Wartenlassen zum Nervenkrieg gehörte. „Kann ich auch, Seele", sagte sie, ging hinunter in den Personalraum, wo gerade gefrühstückt wurde. Danach ging sie in die Materialausgabe, um Durchschlags-, Kohlepapier, Bleistifte, Büroklammern zu besorgen, und von dort weiter in den Abzugsraum. Sie kopierte ein mehrseitiges Rundschreiben, legte die Blätter zusammen, heftete sie: sehr bedächtig, sorgfältig. Als sie den Schlüssel des Abzugsraumes zurückbrachte, sagte eine Kollegin, Seele habe nach ihr telefoniert. Er sei stinksauer!

„Ja - ?" sagte Marianne.

Als sie ins Büro zurückkam, klingelte bereits das Telefon. Wo sie die ganze Zeit gewesen sei?! herrschte Seele sie an.

„Im Abzugsraum. Ich habe das Rundschreiben für die Lehrer im Kreis fertiggemacht."

„Es geht nicht, daß das Telefon so lange unbesetzt bleibt!" Er sprach erregt, die Silben überdeutlich, langsam.

„Was soll ich tun ... das Kopiergerät steht nun mal nicht in meinem Büro - ."

„Wir werden da endgültig eine Lösung finden müssen. Es ist überhaupt die Frage, ob Sie als meine persönliche Sekretärin solche primitiven Dinge wie Abziehen, Zusammenlegen machen müssen." Pause. „Und wie steht es mit uns beiden?"

„Sie meinen die Sache von gestern, den Brief?"

„Ja."

„Ich hab es mir noch einmal überlegt."

„Und?" fragte Seele. Die Antwort schien ihm nicht gleichgültig.

„Ich werde ihn nicht schreiben", sagte Marianne ruhig.

„Dann muß ich Sie entlassen, fristlos! So leid es mir tut, aber so etwas kann ich nicht durchgehen lassen." Auch Seele versuchte, ruhig zu sprechen. Seine Stimme vibrierte etwas, ganz hatte er sie nicht in Gewalt.

„Ich interpretiere wohl richtig, daß ‚fristlos entlassen'

nur ein stehender Ausdruck bei härteren Auseinandersetzungen ist ... dagegen würde ich mich zur Wehr setzen!"

„Mädchen ... um Gottes willen, überlegen Sie sich das ganze noch einmal. Was soll so etwas - ? Wir sind jahrelang gut miteinander ausgekommen - warum jetzt auf einmal dieses? Überlegen Sie sich das: Sie sind im Öffentlichen Dienst beschäftigt, das ist nach einigen Jahren so gut wie ein Beamtenstatus. Ihnen kann nichts mehr passieren! Wollen Sie das alles wegen einer solchen Lappalie wegschmeißen?!"

„Das ist keine Lappalie."

Sie solle sich noch einmal alles in Ruhe überlegen, er riefe um zwölf wieder an.

Als Marianne mittags sagte, sie bliebe bei ihrer Entscheidung, fing Seele an zu lachen ... irgendwie gefalle sie ihm ja mit ihrer Sturheit - . Dann solle der Brief eben unten geschrieben werden. Er wolle den Text, wenn geschrieben, jedoch noch einmal genau prüfen, ob er so an das Ministerium gehen könne. Zufrieden?

„Ja - ", sagte Marianne etwas gedehnt.

„Also begraben wir unseren Streit."

Marianne war in Wirklichkeit aber nicht zufrieden, erst nach und nach wurde ihr bewußt, wie enttäuscht sie war. Sie hatte gesiegt, trotzdem diese starke Niedergeschlagenheit. Sie erinnerte sich, daß Stachowiak gesagt: *eine Jeanne d'Arc, die verbrannt werden möchte* ... hatte sie verbrannt werden wollen? Hatte ihr Vorgehen den Sinn gehabt, gekündigt zu werden - ? Seit Jahren dachte sie daran, noch einmal *von vorn zu beginnen*: wieder auf Schulen zu gehen, vielleicht Hochschulen, einen anderen, qualifizierteren Beruf zu erlernen. Gewiß, Träume wie sie die meisten haben, - der Zug war lange abgefahren, doch da war immer noch die Hoffnung, vom fahrenden Zug abspringen zu können. Bis jetzt hatte sie es nicht geschafft - wenn sie ehrlich war: nicht einmal versucht -, ihre Angst vor dem Ungewissen hatte sie stets zurückgehalten.

An diesem Nachmittag wurde ihr plötzlich klar, daß sie den Absprung nie wirklich versucht hatte. Sie hatte allein davon geträumt, auf mildtätiges Glück gehofft, man durfte aber sein Leben nicht auf Glück bauen, man mußte sich entscheiden. Es konnte sein, daß sie auf die Kündigung hingearbeitet hatte, um über die Angstschwelle zu kommen, die vor der Veränderung lag - . Ihr wurde klar, daß ihr Verhältnis zu Seele nach all diesen Auseinandersetzungen nicht wieder wie vorher werden konnte, über kurz oder lang würde sie gehen müssen, um sich nicht ständig gedemütigt zu fühlen.

Kurz vor Feierabend ging sie ins Nebenzimmer, um ihn die Briefe des Tages unterschreiben zu lassen. Seele schloß die Vorlagemappe, steckte seinen Füllfederhalter langsam weg. „Sonst noch etwas?"

„Ja. Ich möchte Ihnen sagen, daß ich kündigen werde", sagte Marianne.

Seele rang die Hände. „Was ist jetzt schon wieder - ? Bin ich Ihnen nicht mehr entgegengekommen, als es mir eigentlich möglich war?!"

„Es hat nichts mit Ihnen zu tun. Ich wollte schon seit langem etwas anderes machen, für eine berufliche Veränderung scheint mir jetzt der richtige Augenblick gekommen zu sein."

„Wenn Sie meinen ... aber überlegen Sie es sich gut - ."

„Die schriftliche Kündigung werde ich morgen nachreichen", sagte Marianne.

.   .

.

Marianne wagte nicht, zu Hause zu sagen, daß sie gekündigt hatte. Tag für Tag schob sie es vor sich her, weil sie den widerlichen Streit mit ihrer Mutter fürchtete, die Mutter war nicht der Mensch, der solche Gelegenheit zum Zank vorbeigehen ließ. Zuerst wollte Marianne wissen, was sie in Zukunft machen würde, bevor sie sich dem Ärger mit ihrer Mutter stellte.

Sollte sie eine neue Stelle annehmen, vielleicht außerhalb? Oder ganz weit weg gehen, nach Süddeutschland oder sogar ins Ausland - ? Sie hatte achttausend gespart: ein Jahr, wenn sie sehr bescheiden war, konnte sie leben, ohne arbeiten zu müssen. Ein Jahr, zwölf Monate ... Zeit zum Nachdenken ... oder Lernen ... oder nur zum Gammeln. Sollte sie versuchen, das Abitur nachzumachen - ? Drei Jahre, dazu reichte das Geld nicht. Vielleicht mit Halbtagsjob am Vormittag: abends aufs Abendgymnasium, in Bielefeld, einer anderen großen Stadt. Drei Jahre ... dann war sie achtundzwanzig, was hatte sie dann -?: Abitur. Sekretärin mit Abitur, aber Sekretärin. Plus Studium: noch einmal sechs Jahre ... vierunddreißig, fünfunddreißig - fast schon reif fürs Krematorium. In solchem Alter erst mit einem Beruf anfangen? Und zehn Jahre kein Geld haben, jeden Pfennig zweimal umdrehen müssen - ?

Kein Geld zu haben, war das wenigste, Geld interessierte sie nicht. Wichtig war allein die Zeit ... sollte sie die drei Jahre Abitur sparen und versuchen, über Sonderprüfungen auf die Pädagogische Hochschule zu kommen - ? Dann konnte sie nichts anderes werden als Lehrerin, aber es bestand vielleicht die Möglichkeit ein Stipendium, Bafög zu bekommen. Oder einfach nur gammeln - ? Nichts tun, in den Tag leben, so lange das Geld reichte. Vielleicht reichte es länger als ein Jahr, wenn sie in ein südliches Land ging, in die Türkei oder nach Griechenland. Einmal Zeit haben nachzudenken ... ganz extrem, sich dabei durch keinen Zwang von außen stören lassen! Die Möglichkeit haben, den *eigenen* Bedürfnissen zu folgen, sich nicht immer fremden Bedürfnissen unterordnen zu müssen. *Ich* will ... ich ... ich - . Noch einmal der Welt begegnen, wie ein Kleinkind ihr begegnet: ohne Vorurteile, Befangenheit. Sehen, ohne zu wissen, was man sehen kann, nicht immer nur das sehen, was man schon weiß. Ganz genau hinsehen - wirklich *sehen*!

War das überhaupt möglich? Kann ein Erwachsener die Welt noch einmal mit den Augen eines Kindes sehen - ? Was wir früher gesehen haben, beeinflußt, was wir später sehen werden ... legt vielleicht fest, was wir überhaupt sehen können. Kann man Erfahrung ablegen wie alte Kleider? Der Baum, den ein Kind zum erstenmal sieht, ist anders als der Baum, den der Erwachsene sieht. Das Kind sieht wahrscheinlich vom Großen zum Kleinen: sieht, die gewaltige Höhe, die weit ausladende Breite, den Wind, der die Äste bewegt, das Flimmern des durch die Blätter gebrochenen Lichts - . Wir sehen den Baum anders, wenn wir botanisch gebildet sind: vielleicht als Aufbau unendlich vieler Zellen.

Marianne sah wieder einmal das erste Bild ihres Lebens, an das sie sich erinnerte: ihre Mutter, die mit einem langen Messer Spargel aus der Erde stach. Damals war sie ein Jahr und zehn Monate - da sie in dieser Wohnung mit dem Garten nur kurz gewohnt hatten, konnte sie ihr Alter genau festmachen. Jetzt noch empfand sie das Erstaunen von damals, daß der Spargel, der nur mit dem Köpfen herausschaute, so tief in die Erde hinabreichte. Sie mußte genau hingesehen haben, sonst hätte sie dieses frühe Bild nicht behalten, und so wie damals wollte sie noch einmal sehen, auf Dinge, die Menschen: sich zwingen, einen neuen Blick zu tun, den ersten Blick. Aber ging das - ? So wie sie damals das Abstechen von Spargel gesehen hatte, würde sie es vielleicht immer sehen: sie *wußte* seitdem, wie man Spargel sticht, sah deshalb nie mehr genau hin. Die erste Erfahrung engte die möglichen Erfahrungsspektren ein. Damals hatte sie auf höchst eigene Weise gesehen, wie man Spargel sticht, es war *ihr* Bild, das sie in sich trug, dieses Bild war ihre eigene Leistung. Sie konnte es vielleicht nicht mehr wahrhaben wollen, aber sie konnte es nicht völlig vernichten - es würde i r gendwie immer da sein: vielleicht verändert, umgeformt, erweitert, aber es würde da sein und ihr zukünftiges Sehen beeinflussen. Wie stark es dann beeinflußte, hing wahrscheinlich von dem einzelnen Menschen ab. Das war es wohl, was man Intelligenz nannte: die alten Erfahrungen, die alten Bilder durch neue zu verändern, zu erweitern, in einem ständigen Tun, einer ständigen Bewegung, welche nie ganz zum Stillstand kommt. Eine Art permanente Revolution. Und Dummheit war, all die Erfahrungen, die man machen konnte, ein für alle Mal durch die ersten Erfahrungen kaum veränderbar festzulegen. Es gab Menschen, die sich förmlich zu weigern schienen, neue Erfahrungen zu machen, sich mit unglaublichem Kraftaufwand gegen neue Erfahrungen stemmten. Der Kraftaufwand des Wehrens war um ein Vielfaches größer, als wenn sie die alten Einsichten durch neue erweitert hätten. Doch war das Machen von Erfahrung ebenfalls ein umkehrbarer Prozeß - ? Ließen sich einmal gemachte Erfahrungen löschen?

Marianne lachte. „Ich tue so, als ob ich ernsthaft erwägte, zu gammeln - ." Gammeln paßte nicht zu ihr ... wahrscheinlich würde sie es gar nicht fertigbringen, auch wenn sie es versuchte. Zweifel, Reue, Schuldgefühle: zu sehr auf Tätigsein, Pflicht gedrillt. Seltsam, daß man so ernsthaft träumte, obwohl man gleichzeitig im Hinterkopf die Unernsthaftigkeit erkannte. Beobachtende Parallelaktion, augenzwinkerndes Spiel mit sich selbst, daß man an Dinge dachte, die von der Veranlagung her unerfüllbar waren - ?

Spiele mit sich selbst sind wichtig, dachte Marianne, sie führen einen an das heran, was nötig ist, um die innere Balance zu halten. Wer ständig vom Gammeln träumt, sollte es vielleicht einmal tun - .

Was sie da grade überlegt hatte, war nicht schlecht, kam ihr wenigstens nicht so vor. Sie spürte wieder diese Ruhe, Gelassenheit, die auftrat, wenn sie sich bis an Grenzen hochgetrieben und manchmal sogar ihre Wissen überschritten hatte. Gefühl der eigenen Kraft. Es war für sie noch nicht greifbar, wer sie war - doch sie spürte, daß sie Raum einnahm, Raum, den andere nicht einfach beiseiteschieben konnten. Die Leitlinie durchs Dunkel näherte sich Zielen, bekam Umrisse, war aber noch nicht konkret auszumachen. Marianne wollte für Stachowiak aufschreiben, was sie gedacht hatte, wollte einem fremden Menschen die verschwommenen Umrisse ihrer Person vermitteln. Bevor sie aber Papier, Kugelschreiber gesucht hatte, war der Wunsch, ihre Gedanken aufzuschreiben, verflogen. Schreiben war zu langsam, zu schwerfällig ... ihm fehlte die Leichtigkeit des Denkens.

Im Eichenhof sprach sich schnell herum, daß sie gekündigt hatte. Auf Fragen, was sie in Zukunft machen wolle, antwortete Marianne ausweichend: sie wisse es noch nicht ... mal sehen. Sie wußte es wirklich nicht. Täglich grübelte sie, erwägte aber immer nur, ihr Denken näherte sich keinem Planen. Sie wußte, daß unverbindliches Erwägen nicht weiterbrachte, sogar gefährlich war, weil sie zu Träumereien neigte, und deshalb begann sie nach zwei Tagen, ihren Kollegen von konkreten Plänen zu erzählen: sie habe vor, die Sonderprüfung zur Aufnahme auf die Pädagogische Hochschule zu machen, um ohne Abitur Lehrerin werden zu können. Vielleicht würde sie zuerst aber auch nur ein paar Monate gammeln - . Sie sprach von diesen Plänen bewußt, um sich auf eine Entscheidung zuzutreiben und vor allem die Rückzugsmöglichkeit abzuschneiden. Wollte sie nicht zum öffentlichen Gespött werden, mußte sie jetzt in diese oder ähnliche Richtung etwas unternehmen. Die Kollegen nahmen ihr ab, daß sie über eine Sonderprüfung versuchen wollte zu studieren - wenn einige auch meinten, diese Prüfungen seien sehr schwer - , doch sobald sie von Gammeln sprach, lachten alle nur belustigt auf. Es ärgerte Marianne: daß das Erwägen von Gammeln als selbstironischer Spaß aufgefaßt wurde, Sonderprüfungen aber als ernste Absicht. Die fremden Einschätzungen waren fast identisch mit denen durch sie selbst: hart arbeiten - ja ... gammeln - nein! War sie wirklich schon so einseitig festgelegt, gab es nur Entwicklungsmöglichkeiten in ein, zwei Richtungen - ?

Ihrer Mutter wagte Marianne immer noch nicht zu sagen, daß sie gekündigt hatte. Sie hatte Angst vor den Zänkereien, die unweigerlich folgen würden. Tag für Tag nahm sie sich vor, es der Mutter an diesem Abend zu sagen, doch Abend für Abend verschob sie es auf eine Gelegenheit, die günstiger wäre. Sie legte sich Worte, Sätze zurecht, mit denen sie es ihrer Mutter schonend beibringen wollte, und schließlich setzte sie sich den Montag, den Tag zwei Wochen vor Arbeitsbeendigung, als endgültig letzten Termin.

Der Montagabend kam. An der Bushaltestelle fiel Marianne noch Wichtiges ein, was in der Stadt unbedingt sofort erledigt werden mußte. Sie verpaßte den ersten Bus, fuhr mit dem nächsten eine Stunde später.

Dieser Montag war kein guter Tag für das Gespräch: ihre Mutter war angetrunken. Das war nichts besonderes, sie trank täglich, doch heute schien schon die Grenze zum Betrunkensein erreicht zu sein. Marianne schätzte ihren Bierkonsum auf fünf, sechs Flaschen. Sie hatte im Laufe der Jahre die Fähigkeit entwickelt, an der Sprechweise, dem Gang, den Augen schnell - innerhalb von zwei, drei Sekunden nach Betreten des Zimmers - den Betrunkenheitsgrad einzuschätzen. Die Mutter hatte ihren Gleichgewichtssinn schon nicht mehr unter Kontrolle, streifte mit der Schulter den

Türrahmen, und als sie vorsichtig in die Hocke ging, um unten aus dem Schrank etwas zu holen, mußte sie schnell einen Fuß nachziehen. Sie redete mit gefühlvollem Überschwang, der keine Distanz mehr ließ. Dieser Erregungsgrad, der jetzt noch herzlich war, konnte blitzschnell, ohne Vorankündigung, in massive Aggression umschlagen - Marianne spürte, wie ihre Muskeln, ihr Gehirn in ‚Achtung'-Position gingen, um einem Angriff sofort begegnen zu können. Der Pegel war höher als von sechs Flaschen! Sieben, wenn nicht acht, wahrscheinlich hatte sie gleich nach dem Mittagessen angefangen zu trinken. Sie wollte wissen, warum Marianne so spät kam.

„Ich komme doch nicht spät, es ist noch keine halb sieben", erwiderte die.

„Ach Kind, ich mach dir ja keinen Vorwurf - . Später als sonst."

Die Mutter deckte den Tisch, bereitete ihr das Abendbrot. Marianne hatte davor Widerwillen, bedient zu werden, konnte es heute aber nicht zurückweisen, weil daraus tiefes Beleidigtsein mit allen weiteren Folgen entstanden wäre. „Ich habe noch einen ehemaligen Klassenkameraden getroffen. Wir haben so lange gequatscht, bis schließlich der Bus weg war", log Marianne, in Wirklichkeit hatte sie Klebeband für ihren Teppich besorgt. Hatte sie einen sozialen Kontakt zu einem Mann vorgeschoben, um ihre Mutter zu reizen - ?

„Wen denn?" fragte die auch prompt.

„Den Gerhart. Kennst du nicht."

„Vielleicht kenn ich ihn doch. Wie heißt er denn weiter?"

„Was soll das - ? Bin ich hier in einem Polizeiverhör?" brauste Marianne auf.

„Ich weiß nicht, warum du dich aufregst ... hab doch nur gefragt. Oder hast du was zu verbergen?"

„Was soll ich schon zu verbergen haben - . Mir geht dieses ewige Gefrage auf die Nerven, du versuchst ständig, mich zu bespitzeln. Jeden meiner Schritte möchtest du überwachen. Daß du noch keinen Privatdetektiv engagiert hast, ist alles. Kann ich nicht mal mehr auf der Straße mit jemandem sprechen, ohne daß du wissen willst, wie er heißt, welchen Beruf er hat, wie hoch sein Einkommen und ob er schon verheiratet ist. Verdammt, ich bin fünfundzwanzig!"

„Tochter, du hast etwas zu verbergen - !" kicherte die Mutter. Dieses triumphierende Lachen ließ Marianne wieder Situationen aus der Kindheit gegenwärtig werden. Mit dem gleichen Lachen hatte die Mutter ständig behauptet, sie einer Schlechtigkeit, Lüge, Unanständigkeit mit sexuellem Bezug, eines Diebstahls überführt zu haben, wo in Wirklichkeit nie etwas vorgelegen hatte. Und wenn sie damals versuchte klarzustellen, daß wirklich nichts gewesen sei, hatte die Mutter noch triumphierender ihre Erklärungen als Ausreden für schlechtes Gewissen und Beweis für den Verdacht hingestellt. Mariannes Magen verkrampfte sich, doch die Wut ließ sie wieder ruhig, überlegt werden. „Nein, ich habe nichts zu verbergen: wie du das gerne möchtest - ."

„Warum sollte ich so etwas wollen?" erwiderte sie böse.

„Weil du von allen Menschen schlecht denkst und ständig auf der Suche nach Beweisen für ihre Schlechtigkeit bist."

„Das ist - ."

„Lassen wir das", sagte Marianne. „Und da wir gerade dabei sind - beim Zanken meine ich -, noch etwas, das ich dir schon seit Wochen sagen will, aber nicht gesagt habe. Nicht, weil ich etwas zu verbergen hätte, sondern weil mir dieses ständige zänkische Gekeife maßlos auf die Nerven geht - . Also, um es kurz zu machen: ich habe am Eichenhof gekündigt, der Dreißigste ist mein letzter Arbeitstag. Was ich danach mache, weiß ich noch nicht. Wenn ich es schaffe, werde ich studieren und Lehrerin werden."

„Du ... du - ."

„Ja - ?" sagte Marianne freundlich, amüsiert.

„Das wirst du nicht tun!" schrie sie mit überschlagender Stimme.

„Wüßte nicht, wer mich daran hindern sollte."

„Undankbares Geschöpf ... jetzt, wo ich alt bin - . So eine Stelle kriegst du nie wieder, nie! Das war eine Lebensstellung, Öffentlicher Dienst. Nach zwölf Jahren wärst du unkündbar gewesen, wie ein Beamter. Du hättest mich fragen sollen ... ich bin deine Mutter!"

„Um Gottes Willen - ", lachte Marianne auf, „ehrlich gesagt, halte ich deine Ratschläge nicht für überzeugend. Ich bin fünfundzwanzig und weiß selbst, was ich zu tun und zu lassen habe."

„Ich bin..." Sie ließ sich in einen Sessel fallen, schlug die Hände vors Gesicht. Ihr massiger Zweieinhalbzentnerkörper zuckte, ließ die Fettberge vibrieren.

Marianne sah auf ihre Mutter, und die unbeteiligte Neugierde schlug um in Widerwillen, Ekel. „Laß das Getue!" sagte sie barsch.

„Habe ich nicht immer alles für dich getan - ?!" sagte die Mutter weinerlich. „Damals, als du die Gehirnerschütterung hattest, tagelang phantasiertest ... als der Hund von Wilkes dich gebissen hatte ... du in den Teich gefallen und fast ertrunken wärst. Es war fürchterlich - : ich weiß noch genau, wie ich dich geboren habe!"

„Unter Schmerzen."

„Ja, unter Schmerzen! Du hast mich fast umgebracht, du lagst verkehrtrum, und wir hatten keinen Arzt. Die Hebamme hat dauernd nach ihm schicken lassen, aber er kam nicht, und auf einmal fing sie an zu beten - ."

Das Beten war neu. Ob sie denn ganz sicher sei, daß die Hebamme gebetet habe, fragte Marianne.

„Ja, das Vaterunser." Und auf einmal begann ihre Mutter feierlich, das Vaterunser aufzusagen. Sie war aber so betrunken, daß sie die Wörter nicht mehr auf die Reihe bekam.

„Und dann kam der Arzt."

„Ja ... schließlich kam der Arzt und rettete mich."

„Dich vor mir." Die Mutter sah sie verständnislos an. „Der Arzt rettete dich vor mir!"

Sie verstand immer noch nicht. Sie sah jetzt schlimm betrunken aus, im Gesicht zeigten sich rote Flecken. „Du hast mich fast umgebracht ... umgebracht ... du hast nie die Liebe, die ich dir gegeben habe, zurückgegeben."

„Großer Gott -", sagte Marianne.

„Du hast es nicht einmal versucht! Ich war viel zu gut ... zu gut, aber Undank ist der Welten Lohn - !"

„Gleich kotz ich auf den Teppich."

„Du hast nie etwas zurückgegeben, du hast immer nur an dich gedacht. Du bist völlig egoistisch, denkst nur an dich selbst! Was habe ich nicht alles für dich getan ... und jetzt, wo ich alt und krank bin, was jetzt?: jetzt willst du gehen und mich arme, alte Frau alleine zurücklassen. Du bist undankbar!"

„Sei doch froh, wenn du mich los wirst", sagte Marianne. Sie spürte, daß sie sich wieder unter Kontrolle bekam.

„Du bist egoistisch ... egoistisch - !"

„Wenn ich es bin, bin ich es bestimmt durch dich geworden. Doch tröste dich: ich werde in den nächsten Tagen gehen."

„Das wirst du nicht!" schrie die Mutter.

„Doch."

„Du wirst es nicht schaffen - !"

„Was?"

„Lehrerin werden."

„Das möchtest du wohl gerne, daß ich es nicht schaffe." Marianne hatte gedacht, ihre Information, sie wolle studieren, sei in den Gefühlsaufwallungen untergegangen, doch ihre Mutter hatte es genau behalten.

„Das wirst du nie schaffen, dazu reicht es bei dir nicht! Hier oben!, meine ich." Sie tippte sich an die Schläfe. „Du solltest noch nicht einmal aufs Gymnasium, du hattest die Aufnahmeprüfung nicht bestanden - zuviele Fehler in Deutsch. In Deutsch! Und nur, weil ich zu dem Herrn Direktor gegangen bin und ihn inständig gebeten habe, haben sie dich aufs Gymnasium gelassen. Bei dir reicht es nicht ... was nicht ist, ist nicht! Schlag dir die Flausen aus dem Kopf! Studieren ... und dann deine arme, alte Mutter nicht mehr kennen, auf sie herabschauen. Was Besseres sein, hochnäsig auf sie herabschauen. Von der winzig kleinen Rente deiner alten Mutter studieren wollen ... etwas Schäbigeres gibt es doch gar nicht. Du egoistisches Biest! Ich soll von meiner winzigen Rente noch etwas abzweigen, damit die hochwohlgeborene Tochter studieren kann, und wenn sie fertig - ."

„Ich habe selbst Geld", sagte Marianne bemüht ruhig, ohne die Bauchmuskeln zu bewegen. Die Übelkeit wurde immer stärker.

„Du hast Geld - ?", lachte die Mutter auf, „die paar Kröten, die du gespart hast."

„Immerhin achttausend."

„Wenn die auf sind, wirst du angebettelt kommen. Anstatt ihrer alten Mutter einmal ein Geschenk zu kaufen, will sie studieren, denkt nur an sich selbst. Du bist egoistisch und geizig, geizig! Das warst du immer schon. Schon als kleines Kind wolltest du nie teilen, du bist geizig, geizig - ."

Marianne verließ leise die Küche, ging auf ihr Zimmer und erbrach sich. Sie warf sich aufs Bett, preßte das Gesicht ins Kopfkissen, weinte. Und draußen im Flur stand die Mutter, hämmerte mit den Fäusten vor die verschlossene Tür, schrie: „Du wirst es nie schaffen ... nie, sage ich ... nie - . Du nicht, du nicht!"

„Miststück", schluchzte Marianne. Bevor sie schließlich einschlief, nahm sie noch ihr Sparbuch aus der Schublade, befestigte es mit Klebestreifen unter dem Boden des Kleiderschrankes.

.   .

.

Am anderen Morgen ging es Marianne sehr schlecht, tiefe Müdigkeit, Leere im Gehirn. Sie sah Ringe, andere Gebilde - Übelkeit, Schwindelanfälle. Sie konnte nicht stehen, ließ sich wieder ins Bett sinken. Der Arzt kam erst am Nachmittag und diagnostizierte einen Kreislaufkollaps. Er gab Spritzen, verordnete Medikamente, schrieb sie krank. Er riet ihr, möglichst nicht im Bett liegen zu bleiben, sondern sich zu bewegen. Doch Marianne konnte nicht einmal stehen, auch wenn sie sich festhielt. Sie hatte nur das Bedürfnis zu schlafen.

Die Mutter war um sie bemüht, huschte ständig ins Zimmer, fragte, stellte da etwas hin, strich die Decke glatt. Ihre Stimme war leise, sorgend optimistisch, ihr Wortschatz fast auf Babysprache reduziert. Marianne hatte nicht die Kraft, sie zurückzuweisen. Sie wollte nur schlafen.

Als die Beschwerden sich nach zwei Tagen nicht gebessert hatten, meinte der Arzt, daß es länger dauern könne, vielleicht eine Kur beantragt werden müsse.

Am dritten Tag fuhr die Mutter mit dem Taxi in die Arbeitsstätte ihrer Tochter, sprach über sie mit EICHENHOF-Leiter Seele, und der erklärte sich bereit, Marianne wieder einzustellen, die Kündigung als nicht geschehen zu betrachten. „Welch ein Glück, daß er noch keine Nachfolgerin für dich gefunden hatte - ", sagte die Mutter.

„Ich möchte allein sein."

„Er war richtig froh, dich wieder zu bekommen - !"

„Raus!" schrie Marianne, schlug das Wasserglas vom Nachttisch auf den Boden.

An der Zimmerdecke liefen Lichterspiele: sich bewegende Blätter durch die Sonne brach. Marianne überlegte, wie das Spiel des Windes im Ahorn draußen ins Zimmer kam ... standen dort reflektierende Autos? Wäre schön gewesen - , dachte sie noch einmal, Neues anzufangen, sich wirklich bemühen, anstrengen. Es hatte alles so glatt ausgesehen, vielleicht zu glatt. Sie hatte sogar herausgefunden, wo ihre Deutschlehrerin von damals geblieben war, hatte mit ihr nach fast zehn Jahren wieder Kontakt aufgenommen. Sie hatte die Frau Melchis gemocht ... und vielleicht auch umgekehrt, hätte sie sonst auf ihren Brief sofort geantwortet? Die Frau Melchis war in Hannover, an einer Gesamtschule. Kurz vor Weihnachten sollten dort in der Stadt die Sonderprüfungen zur Aufnahme auf die PH sein, dann im Frühjahr, wenn alles geklappt, der Semesterbeginn ... hatte sie es tatsächlich vorgehabt? Tagträumereien, schöner Vogel Sehnsucht. Oder Hoffnung ... Vogel Hoffnung - ? Vorbei, die Zeit war abgelaufen: ihre Mutter wirklich alt und allein, vielleicht bösartig, aber allein.

Die Frau Melchis hatte sie aber gemocht - . Sie erinnerte sich, wie ihre Lieblingslehrerin sie damals wochenlang bekniete, zuerst Abitur zu machen ... Marianne lächelte, schlief wieder ein. Am frühen Abend fuhr sie hoch, draußen fast dunkel. Sie hatte geträumt, wußte nicht wovon. Sie stützte sich ab an der Wand, ging hinüber zum Kleiderschrank. Ihr war schwindelig, doch sie konnte stehen. Nachdem sie sich gewaschen hatte, angezogen, war der Schwindel vergangen: nur noch leichte Beklommenheit und dieses flaue Gefühl im Magen. Sie nahm ihre Handtasche mit dem Bargeld, den Ausweispapiere, holte aus dem Versteck unterm Schrank das Sparbuch hervor. Sie verließ sehr leise das Haus, stieg zwei Straßen weiter in ein Taxi. Der Zug Richtung Hannover fuhr erst in vierzig Minuten, sie versuchte noch, aus der Telefonzelle vorm Bahnhof Stachowiak anzurufen, doch der war nicht zu erreichen.

Weitere Bücher des Autors, auch Textauszüge, unter:

www.dieterpflanz.de
und
www.nrw-literatur-im-netz.de
und
google.de
und
amazon.de